O EQUILIBRISTA

Dados Internacionais de Catalogação na Publicação (CI
(Câmara Brasileira do Livro, SP, Brasil)

Rushansky, Efraim
O equilibrista / Efraim Rushansky. -- São Paulo :
Ícone, 2009.

ISBN 978-85-274-1031-1

1. Crônicas brasileiras I. Título.

09-01706 CDD-869.93

Índices para catálogo sistemático:

1. Crônicas : Literatura brasileira 869.93

O EQUILIBRISTA

Efraim Rushansky

Ícone editora

Arte-Final
Rodnei de Oliveira Medeiros

Ilustração de Capa
Leonardo Gouvea

Diagramação
Nelson Mengue Surian

Revisão
Rosa Maria Cury Cardoso

ÍCONE EDITORA LTDA.
Rua Anhangüera, 56
CEP 01135-000 - São Paulo - SP
Tel./Fax.: (11) 3392-7771
www.iconeeditora.com.br
E-mail: iconevendas@iconeeditora.com.br

PRÓLOGO

Resolvi me intitular equilibrista, pela simples evidência de ter conseguido chegar aonde cheguei sem nunca ter despencado nos abismos da vida, apesar de um ou outro tombo. Sempre mantive o equilíbrio entre as diversas opções. Entre o Recife da minha infância e a Jerusalém da minha madureza. Entre a família paterna e a família materna. A namorada e a amiga da namorada. A mulher minha e a mulher dos outros. A gula e a dieta. Enfim, a dialética existencial na sua plenitude. Como todo equilibrista eu gosto de sentir um frio na barriga e o palpitar do coração. Sentir a adrenalina trabalhando a todo vapor. Viver cada momento como se fosse o momento final, pois a proximidade do fim nos faz ver o que nunca veríamos em condições normais. A vida do equilibrista tem sabor, cheiro e som diferente dos demais mortais. Sabor do domínio sobre o medo, cheiro da admiração alheia, e o canto das sereias chamando o náufrago para o fundo do mar. O perigo nos permite perceber o imperceptível, e gozar o gozo mórbido do orgasmo mortal como o coito do zangão com a abelha-rainha. Ser equilibrista não é destino

nem fatalidade, e sim opção. Se você não quer ser equilibrista, pode continuar a viver no circo da vida como bilheteiro, pipoqueiro, ou palhaço.

NOMES PRÓPRIOS E IMPRÓPRIOS

Apesar de a maioria dos nomes ser neutra, existem nomes próprios e de família que são comprometedores.

Uso o termo comprometedor por ser suave, evitando defini-lo como problemático e castrante. Afinal de contas, um nome próprio desapropriado é mais importuno para os outros que o chulé alheio, e para si próprio que uma afta na ponta da língua.

Não sei bem a razão, porém acredito que este alvoroço inexplicável em se dar um nome ao recém-nascido, é parte de tradições religiosas animistas. De outra forma como explicar a pressa de individualizar o recém-nascido, batizando-o com um nome próprio que ele não irá reconhecer por muitos meses mais.

E os adultos, por inércia intelectual, continuarão a tratá-lo até a formatura ou o casamento, como filho de Fulaninho ou Cicraninha.

Raramente, o nome do dito cujo é escolhido depois de meses de incessante busca em livros especializados na matéria.

Na maioria dos casos, a decisão de como se chamará o recém-nascido é tomada de forma espontânea, ou mesmo banal no último minuto. Quando já se pode escutar o grito do bruguelo que veio ao mundo. Existem pais com o nome de Pedro, José e João, que buscam para os filhos nomes excêntricos como Emengarda, Theobaldo ou Apolinário. Escolha sem demasiado tino. Como se a decisão de dar um nome ao bebê não fosse um ato mais importante do que escolher o restaurante para o almoço de domingo, ou um filme gratuito no canal de televisão. Creio serem poucos os pais conscientes da responsabilidade existente no batismo do filho. Muitos não levam em conta, que o recém-nascido irá carregar o nome a vida inteira como um castigo.

Estão espalhados aí pelo mundo Teófilos ateus, Jerônimos analfabetos, mulher feia com nome de Heidy Lamar, e viado falando fino, registrado no cartório como Hanibal com H maiúsculo. Isto sem falar nos sobrenomes enganosos como, Rotshild sem um tostão furado, ou Al Capone diretor pedagógico de um orfanato espírita em Porto de Galinhas. Nomes próprios e de família simplesmente enganosos e incompatíveis com o caráter do cidadão. A não ser que você realmente não acredite que o nome faz o cidadão e sim o contrário.

EXEMPLOS NÃO FALTAM

Existem pais que se contentam em batizar o filho com nomes bíblicos ou de antepassados. Outros buscam homenagear figuras de destaque na história pátria ou universal. Afinal de contas, sempre existe a vaga esperança de que o filho com perspectivas de ser um nada como ele, talvez, quem sabe, chegue a ser alguém na vida?

Posso testemunhar a existência de um cara que hoje deve ter por volta dos sessenta anos, que se chamava desde pequenininho Winston Frankline Stalin acompanhado de um sobrenome estrangeiro de meia légua. Na minha opinião, um nome como este é mais incomodativo de se conviver no dia a dia, que a presença de uma sogra polaca, estilo mala sem alça com rodinha quebrada. Destas que se transferem para a casa do genro logo depois da missa de corpo presente do defunto marido, trazendo de herança dois gatos capados, e o retrato do finado em tamanho natural.

O pai de W.F.S., vibrante torcedor do Bangu e das forças aliadas na II Grande Guerra Mundial, era também sócio benemérito no clube do Fole. O filho primogênito foi cuidadosamente feito numa chumbicada comemorativa a uma das vitórias do Exército Vermelho, pouco depois da batalha de Stalingrado.

Para comemorar a batalha de Stalingrado, o pai de W.F.S. foi de visita ao melhor inferninho de São Paulo. Já que nenhum judeu é tão pão duro a ponto de comemorar a primeira grande derrota dos alemães em casa com a legítima. Os meses de gestação foram marcados por eventos dramáticos como o desembarque na Normandia, libertação de Paris, Varsóvia e Bruxelas. Nascendo o galego um pouco antes de ser lançada a bomba atômica sobre Hiroshima e Nagasaki.

Segundo os prognósticos de uma cartomante, o recém-nascido deveria ingressar logo depois de desmamado numa academia militar, se aposentando meio século mais tarde como marechal de campo, brigadeiro do ar ou senador. Apesar das expectativas postas em cima do dito cujo, ele nunca passou da patente de soldado raso no Exército da Salvação. No campo político, a carreira do jovem promissor não foi além de cabo eleitoral de um candidato a vereador pelo município de Jaboatão. O pomposo nome não trouxe glórias nem poder, porém fartura de problemas desde o primário, já que o pobre do W.F.S., mal terminava de escrever o nome nos exames escolares, e já tocava a sineta, pois além do nome comprido ele era gago e dislético. Depois desta breve introdução, posso dizer que o nome próprio na maioria dos casos, pode não ser uma barreira absoluta, porém sem dúvida limita as opções do indivíduo.

Existem nomes que caem bem, se ajustando como uma luva para certas profissões. Se existisse a possibilidade de se catalogar e predizer o futuro pelos nomes próprios, eu diria que Flávio seria bailarino; Edimar, cabeleireiro; e Jorge, sargento da aeronáutica.

Existem no entanto nomes sem nenhum fundamento histórico ou sociológico além do costume popular, que se tornaram sinônimo de classe social, predileção sexual ou aparência física.

Para garantir a veracidade desta afirmação, aqui vão três exemplos do dia a dia. João-ninguém, pra definir quem não tem nem eira nem beira, independente do nome próprio do indivíduo, que pode ser Altamiro, ou Demóstenes. Se acrescentarmos um "João-ninguém" a estes nomes, tornaremos o Altamiro, e o Demóstenes em um nada, incompetente e fracassado na vida.

Alfredo. Na verdade, para este nome não será necessário acrescentar absolutamente nada, para defini-lo como bicha, viado ou fresco, que era como se definiam os afixionados do homossexualismo nos anos sessenta do século passado. Existem nomes disfarçados que podem servir tanto pra jogador de futebol, pai-de-santo ou celebridade de televisão. Por exemplo: Gérson. Nome bíblico do tipo que evangélico põe no filho primogênito esperando que o mesmo cresça na fé, e mantenha uma vida monogâmica como se fora uma ave de língua redonda.

Porém quem como eu para saber quão enganosos são estes nomes bíblicos. Nem foi preciso a segunda garrafa do "*Gamla Cabarnet Sauvignon*" para que ele gentilmente dissertasse com charme sobre as incríveis proezas de um verdadeiro "Ás do sexo" em voo rasante.

Pois é. Homem casado no civil e no religioso como manda o figurino, engravida a legítima esposa segundo o mandamento de Deus.

O resultado do Galimanini ainda não havia secado, e a amante do meu amigo Gérson também engravidara, passando do *status* de amante amada, ao *status* de segunda esposa oficial.

A primeira esposa, ofendida até o âmago da alma, se torna ex. Passando da tribuna de honra, para arquibancada das gerais.

Como por encanto, aparece no palco uma terceira personagem que se torna a legítima amante. O nosso prezado Gérson, que não perde tempo com cuidados desnecessários, também engravida a nova amante, pois como já vimos, a ex-amante havia recebido um *up grade* para legítima esposa, estando o posto da amante livre e desimpedido. E como não existe vácuo, bem rapidinho ele arranja uma nova amante, pois amante grávida deixa de ser amante, sendo a existência de um parâmetro concreto necessário para se poder definir os diversos *status* na ordem familiar.

Segundo meu amigo Gérson, a existência da amante é condição *sine qua non* para definir o *status* da legítima, e vice-versa.

Como toda amante tem amiga, nada como uma rapidinha com a amiga da ex-amante, que como descrevi anteriormente havia se transformado em segunda esposa. Ela também engravida completando assim o que os sociólogos chamam de "o clã". Entendeu Renato?

– Garçom, mais uma garrafa "*bevakasha*".

Foram necessárias outras três garrafas de bom vinho para vida romântica do Gérson ser deglutida, e digerida pela audiência boquiaberta. Finalmente para fechar o panteão dos nomes dúbios, nada mais feliz que Raimunda, pois ninguém perde a chance de tachá-la como feia de cara e boa de bunda. Independente da beleza da cara ou formato do traseiro da dita cuja.

AS EXPECTATIVAS

Desde bem cedo, me cansei de escutar a ladainha de ter herdado o nome do meu bisavô materno. Portanto, herdeiro das obrigações morais exigidas de um bisneto de rabino, padioleiro no exército imperial austro-húngaro, com nome de tribo bíblica.

Eu sou, no entanto, o exemplo clássico da pessoa certa com o nome errado. Ou será que sou o contrário?

A antítese das expectativas que todos põem sobre o recém-nascido.

Nome enganoso, que simplesmente não diz nada sobre meu verdadeiro caráter. Só assim se pode explicar que alguém com o nome de Efraim, mantenha uma rígida dieta durante trezentos e sessenta e quatro dias do ano e não páre de comer no Dia do Perdão. Deteste qualquer item ligado a trabalho ou estudos e tenha o caráter fraco em tudo o que se refere a sexo. De preferência oposto.

É desnecessário acentuar que as obrigações morais de honrar o nome do bisavô vieram completamente desacompanhadas de heranças materiais. Deixando para o bisneto o penoso trabalho de ganhar a vida com o suor do próprio rosto.

E olha que eu não sou a exceção que justifica a regra. Muito pelo contrário.

O CÉU E O INFERNO

Embarquei no barco da vida na metade do século passado, e continuo até os dias de hoje a navegar por estes mares.

Fato completamente desnecessário de ser salientado, se não fora o bom número de colegas de classe, que já estão a navegar em outros mares, comendo cenoura pela raiz. Creio que nenhum deles morreu de cirrose hepática, ou engasgados pela fumaça de um baseado manejando um Porshe a 240 quilômetros por hora. Mortes sem honras nem brios. Porém, diga-se de passagem que, pelo menos, donos de um certo grau de autonomia. Você não decide exatamente quando, mas decide de que maneira, vai encurtar aquele período da vida, em que o indivíduo passa a comer tudo insosso. Os dentes já não dão conta do rolete de cana, e as mãos trêmulas não permitem que você limpe o fiofó sem sujar os culhões. Tudo isso sem falar na perda da memória, do tesão, dos dentes e do cabelo.

Como diz o meu amigo doutor Jolival de Feira de Santana. Homem prendado e cheio da grana. Poeta por vocação, criador de bodes pelas circunstâncias e médico nas horas vagas. Depois dos 50, declama o doutor. "A careca floresce, a barriga cresce, a mulher oferece e o dito cujo responde. Ai se eu pudesse." A única coisa que você ganha neste estágio da vida é um lumbago nas costas ou uma unha encravada no pé.

Portanto, meu dileto amigo, vamos deixar a vida rolar.

Cada trago de cachaça virado em ocasiões próprias ou impróprias. Cada baseado carinhosamente enrolado com as próprias mãos, sem falar nas incontáveis trepadas casuais sem camisinha, foram decisões tomadas pelo indivíduo com ou sem muito pensar.

A grande maioria dos meus finados companheiros, no entanto, morreram do que vulgarmente é conhecido como morte morrida. Câncer de próstata ou problemas cardíacos.

Mortes sem a mínima participação ativa e consciente do principal protagonista. Fatalidades que matam a quem superou a morte por tuberculose, lepra, peste bubônica e outras doenças que em tempos passados ajudavam a frear a explosão populacional.

Podemos defini-las, como mortes involuntárias de quem nada fez de ativo para dilapidar prazerosamente a longevidade da vida. Tantas vezes prolongada por mais da conta pela medicina moderna.

Ninguém mais morre tranquilo sem ter mil e um canos enfiados por todos os orifícios possíveis e imagináveis.

O cidadão come por um tubo enfiado no nariz. Respira dentro de uma câmera pressurizada e mija através de um catéter em ligação direta com a bexiga. Afora um colega de classe que morreu de tiro, todos os outros morreram de morte morrida.

Síncopes, disritmia, nefroses, que, apesar dos distintos nomes, são a mesma coisa. A bomba simplesmente deixou de bombear.

O músculo do miocárdio amoleceu sem aviso prévio, e lá se foi o cara pra cucuia. Levando consigo a musculatura ganha na esteira, e todo o potencial do intelecto, deixando de herança uma casa no Espinheiro, e a pensão de três salários mínimos para a esposa. O coração deixou de funcionar. E lá se foram os segredos e conhecimentos ganhos em tantas noites de insônia.

Trigonometria, química molecular, eletricidade estática, ou declinações dos verbos em latim. No caso do falecido ser um dono de bar, o tempero criativo da galinha à cabidela, ou as proporções certas entre a cachaça, o açúcar e o limão.

Todo este arquivo vai servir de pasto para as minhocas, tapurus e outros vermes mais.

Um verdadeiro desperdício. Verdadeiro, porém não absoluto.

Consola-me saber que pelo menos as minhocas servirão de isca para pescar um peixe agulha no mar ou um bagre no mangue.

Adoro agulha frita e muqueca de bagre com pirão.

OS TRÊS PILARES DO PRAZER

Se partirmos da premissa de que a vida molecular, que começa com uma foda e termina com o cara fodido, não passa de um curto e escuro corredor. Parte microscópica e insignificante do longo trajeto cosmogônico do espírito, e que toda a meta existencial aqui na Terra se resume em preparar a alma martirizada para o justo descanso entre anjos e querubins nos ermos celestiais. Continue assim. Você está no caminho certo.

Cuide-se, pois tudo de bom na vida leva ao pecado.

Todos os prazeres estão edificados sobre três pilares. Tudo que é bom, é ilegal, imoral ou engorda.

Porém, se você põe alguma dúvida nos axiomas existenciais do inferno e paraíso, e o jeito de como se chegar lá, é bom não perder tempo.

É bom não perder tempo. Ouça o meu conselho: comece hoje mesmo a curtir a vida terrena, antes que seja tarde demais.

Coma carne vermelha, rica em colesterol e sabor. Tome bebidas fortes e delicados vinhos. Trepe à vontade e com vontade, e se der na cuca encha a cabeça de fumaça para melhorar os sentidos e esquecer das mazelas.

A vida é curta e os prazeres muitos, portanto, mãos à obra.

ENTRE VIRGEM E ESCORPIÃO

Nasci no dia nove de outubro do ano mil novecentos e cinqüenta da era cristã, sob o signo de libra, entre virgem e escorpião.

No horóscopo do jornal de domingo da data relevante, estava escrito preto no branco sobre o caráter indeciso como uma balança, sensível como uma gazela, e artístico como sei lá o quê.

De quem nasceu no dia nove de outubro de qualquer ano, em qualquer lugar do mundo. Tenho que agradecer aos meus pais a falta de planejamento astral na planificação familiar. Da mesma maneira que nasci libriano, poderia igualmente ter nascido sob um signo de gente trabalhadora, séria, e organizada. O que sem dúvida ajudaria a ganhar a vida, porém sem ter para quê.

Saliento o fato de ter nascido na metade do século passado, pois é necessário pôr um ponto de partida em toda e qualquer história. Para isto nada melhor que a metade do século passado.

Mesmo histórias que em princípio possam parecer banais, e de interesse limitado como uma história familiar, são de interesse geral. Apesar de os fatos descritos serem propriedade exclusiva do clã, elas em geral extrapolam os limites familiares.

As histórias de cada família particular são, com pequenas modificações, a biografia de uma outra família qualquer.

Esta generalização da vida em geral, vem justificar a curiosidade existente em se bisbilhotar as intimidades dos vizinhos. Todos buscamos uma semelhança positiva, ou paridade nas cretinices dos outros. A semelhança e a paridade irão servir como paliativo da vergonha ou do vexame próprio. As únicas diferenças são as nuances, os nomes dos protagonistas e os distintos locais onde se deram os eventos. Quanto ao resto, tudo idêntico, mesmo que não sejam do conhecimento geral, pois a maioria das células familiares guarda segredo. Ninguém fora do estreito círculo familiar, pode saber da filha viciada, do marido espancador, ou do avô pedófilo.

Estes são segredos de família, junto com a conta bancária na Suíça e a receita da pamonha de milho verde, que usa soja em vez de milho. Porém, como ressaltei de antemão, as nuances são de uma importância vital nestes assuntos.

Neste ponto entra o elemento educativo, ou melhor socioeconômico. Família pobre não sabe guardar segredo.

Mulher de malandro apanha e bota a boca no trombone disposta a contar pra todo mundo como o olho roxo foi merecidamente ganho. Afinal de contas, não se pergunta a marido bêbado, onde esteve até as três da madrugada. Muito diferente da mulher rica e instruída. A grã-fina recebe a mesma porrada na cara pela mesma razão, mas nada de repartir a vergonha.

Elas põem óculos escuros grifados pra disfarçar o olho decorado, tocando em surdina a vergonha de serem surradas pelo marido.

Mulher rica lava a roupa suja deitada no sofá do psicanalista, buscando na infância do marido violento alguma razão que possa explicar para si mesma as origens do olho roxo.

A outra opção terapêutica para apaziguar o ego da mulher surrada, é pagar a conta do motel de luxo usando o cartão de crédito conjunto. Como parceiro de cama, ela deve buscar um amante vinte anos mais jovem. De preferência bem malhado e curtido pelo sol. Afora os gastos com o quarto, a notinha fiscal deve discriminar a compra de um tubo de vaselina, e um pacote de meia dúzia de camisinhas *extra large* para deixar o marido ainda mais pirado.

É claro que, no caso de a filha passar no vestibular, o marido ser promovido a presidente de companhia multinacional, e o avô entrevistado em revista especializada como filólogo de renome internacional, tudo torna-se diferente. A família faz questão de abrir as portas da intimidade aos quatro ventos. Os detalhes nas suas minúcias extrapolam o patamar do baluarte familiar, passando a ser propriedade do coletivo.

A verdadeira socialização dos sucessos, pois segundo H. B.Lidlehart "A vitória tem muitos pais, enquanto a derrota é órfã".

MADALENA FOI PRO MAR

Até em pacatos bairros burgueses, se buscarmos com um pouco mais de esmero, podemos encontrar fatos grotescos que poderiam ser postos ou tirados de filmes de Fellini, ou até mesmo Almodóvar. Não existe necessidade de se buscar histórias picantes no *down town* fora dos limites suburbanos, pois até nos bairros mais tranquilos ocorrem dramas de primeira ordem.

Muitos deles se dão à plena luz do dia. Briga de galo no meio da praça do mercado. O chiado histérico do bacurinho pendurado pelas patas traseiras antes de virar sarapatel. Mulher carregando lata d'água na cabeça, e menino levando surra de corda molhada. Tudo isso sem falar no triste olhar de um bicho-preguiça, que apesar de já estar à venda há mais de seis meses, ainda não se deu conta de seu novo *status* de bicho de estimação.

Todo o acima descrito, e muito mais, acontece à plena luz do dia na praça junto ao mercado da Madalena. Não existe necessidade de se fuçar na lama do submundo. Imagine o que não ocorre em outros lados menos iluminados no cotidiano da *urbis* recifence.

O manicômio da Tamarineira, juizado de menores, ou a zona do porto e a rua do Rangel.

Os dois últimos lugares citados eram conhecidos, na época da minha adolescência, como zona do baixo meretrício, para diferenciar dos inferninhos e boates com a mesma finalidade, porém com um cachê alto.

O COTIDIANO E O DRAMA

Refiro-me ao termo "drama" com muito cuidado. Tem gente por aí chamando de drama uma mordida no braço do marido pego em flagrante pela legítima numa gafieira. Um minissequestro levado a cabo por bandidos principiantes, ou o escândalo causado por um tenente coronel boiola. O oficial deixou a mulher com cinco filhos, e foi viver com um sargento. Deixar a mulher por um homem há muito deixou de ser novidade. O que todos os parentes e amigos criticaram, foi o quase coronel ter se enamorado de um subalterno. Isto sim era realmente inaceitável. Para mim, no entanto, a palavra drama no contexto familiar pede algo distinto, mesmo que não tão requintado como os exemplos citados.

Não necessariamente estou a exigir algo escandaloso, como a história daquele homem de Deus, que saiu do armário depois de vestir a batina púrpura do cardinalato. Escândalo com manchete na revista *Time* contando como o monsenhor Mahony enrabou alguns dos seus fiéis. O magazine descreveu o romance em letras garrafais. Os mínimos detalhes se tornaram públicos como tomate de feira-livre, onde cada um pode ver e apalpar a mercadoria exposta. A dúvida era somente se os jovens fiéis foram vítimas, ou cúmplices do ato pecaminoso. Porém não é só de manchetes internacionais que vive o cidadão. Com um pouco de atenção, é possível encontrar ocorrências locais dignas de nota. Mesmo que estejam na quinta página do segundo caderno do Diário de Pernambuco: "Mulher traída derrama água quente no ouvido do marido, cozinhando os miolos do prevaricante".

A notícia poderia vir em distintas variantes: "Mulher fritou o cérebro do marido", no caso de ela usar óleo quente em vez de água. "Esposa guisou a massa cinzenta do esposo", no caso de a água conter sal e pimenta. Todas estas manchetes estariam retratando o mesmo evento, porém a sofisticação da esposa perversa, mudaria o teor e caráter do drama.

Apesar de o ato ser original e relativamente raro, foi surpreendente a reação apática das vizinhas. Tantas vezes as dignas senhoras sonharam com este tipo de vingança sem nunca terem tido a coragem de levá-las a cabo. Mulheres com caráter de rabanete. Vermelhas por fora e brancas por dentro. Destas que lembram os comunistas de salão. Eternamente sentados nas mesinhas dos bares, preparando a revolução mundial. Afinal de contas, pegar em armas e guerrear nas matas do Araguaia sempre foi e será menos atrativo do que se embrenhar, depois da terceira caipiroska, no chumaço de pentelhos negros das jovens companheiras do partido.

Como eu ressaltei anteriormente, não só é importante colocar um ponto de partida nestas histórias, como também um ponto de chegada. Eu imagino que se alguém tem algo para contar, esse alguém pretende chegar a algum lugar e também a alguma conclusão. Porque de outra maneira, a história vai ficar sem pé nem cabeça, como que pendurada no ar. Ou pior que a falta de estrutura literária, é a mesma simplesmente se tornar desinteressante. Portanto o primeiro passo do cronista é selecionar as histórias, fazendo uma triagem entre o banal e o requintado. Se não for assim, de tantas árvores não se poderá ver a floresta. É também necessário delimitar o perímetro geográfico, e os personagens de interesse, pois a maioria dos mortais passam pela vida sem fazer nada digno de se mencionar.

Não que para entrar numa história familiar seja necessário se fazer algo grandioso como uma descoberta científica, compor uma sinfonia, escrever um livro de poesias, ou levar a falência o banco familiar herdado do avô. Eu me contento com vivências simplórias. Simples, porém interessantes.

Vivências que foram um passo além do normativo do dia a dia. Como por exemplo, bolar um sistema infalível de ganhar na dezena do jogo de bicho, ou melhorar a receita do *"gefilte fish"*.

Estes exemplos citados irão servir como condição mínima para alguém cruzar o patamar da história familiar. No caso dos exemplos descritos, terem sido os atos exponenciais dos candidatos a entrarem nos anais da família, quero deixar claro que eles serão citados nos trechos marginais. Para entrar em página central é necessário se fazer algo um pouco mais importante, surpreendente ou *kinki,* do que os feitos anteriormente relatados.

Sinto-me livre para escrever e descrever as histórias dos parentes próximos e distantes. Por uma questão de princípio, vetei as críticas e conselhos familiares. Todos assustados com os rascunhos, que mesmo não elaborados, deixavam claro os temas a serem abordados, e meu ângulo de vista da saga familiar.

Resolvi sem nenhuma razão especial, limitar as histórias descritas às três últimas gerações sem buscar balancear entre o lado paterno, e o lado materno. Balance justo na teoria, porém impossível de se levar a cabo na prática. O único critério para se entrar na história familiar como já salientei, é se ter feito algo mais importante do que comer ovos fritos pela manhã, galinha assada com arroz e farofa no almoço, e a esposa depois do jantar.

Tudo isto sem desmerecer a importância destes atos, que pela sua própria rotina forjaram durante milhares de anos, o caráter perene da minha família, e de outras também. Atos mecânicos que permitiram o cumprimento do mandamento divino de crescer e multiplicar, agradecendo a Deus o pão nosso de cada dia. Porém com um pouco de requinte, tudo pode se tornar distinto.

Mesmo o mais prosaico, irrelevante e cotidiano evento pode receber um sabor chique e sofisticado. Basta para isto se trocar de nome. Minha mulher por exemplo, chama ovo mexido com folha de coentro de *oeuf brouille aux fines herbes*.

E o que minha tia Bellinha chamava de vida conjugal, ou obrigações maritais, com um leve toque pode receber um caráter e sabor distinto. Pois nunca uma transa bem dada, com todas as sofisticações e requintes necessários, será como um ato sexual descrito nos livros do doutor Fritz Kan. Conclusão: os produtos são sempre os mesmos. O que diferencia o chique do brega são os rótulos.

O ESTILO OU A FALTA DO MESMO

Dentre os dizeres que forjaram o meu caráter juvenil, ficou bem gravada a máxima da ilustre mestra de francês Mademoiselle Madi. Mulher que guardou os três vinténs por quase noventa e cinco anos, devolvendo ao criador a sua alma pura e o seu corpo intato. A megavivente proclamava aos quatro ventos que "*sexe, ce n'est pas tout*". A verdade é que minha dileta professora de francês tinha razão. Sexo não é tudo, apesar de ele ocupar lugar de honra no pódium da vida. Portanto mãos à obra. Afora os limites do tempo e do espaço, eu me sinto livre em tudo o mais. Pretendo me imiscuir e bisbilhotar nos anais familiares sem nenhuma censura ou pudor. Afinal de contas, não existe família que não tenha na sua agenda histórias picantes de maridos com ou sem chifres, mulheres pudicas e devassas, machos e boiolas, alguns poucos equilibrados e doidos a granel. Também não quero estar preso a nenhum estilo ou a cronologia dos fatos descritos. A falta de estilo é resultado da minha limitada capacidade literária, sendo estas memórias de família, uma tentativa de matar o tempo buscando superar o ócio derivante da atual "*Intifada*".

Quanto à cronologia dos fatos, estes serão postos à medida que vão se encaixando dentro da minha cabeça, sem no entanto me comprometer a contar só a verdade. Apesar de recauchutadas, todas as histórias e fatos citados têm um fundo verídico. O mínimo necessário para enganar o leitor ansioso em identificar a minha história com a dele. Afinal de contas, todos mentimos uns para os outros, e também a nós mesmos, colorindo e refazendo as mazelas do passado. Mesmo porque a verdade é sempre cinza e amorfa, ao contrário das mentiras que são vibrantes e coloridas.

O EU

Desde os primeiros dribles no jogo da vida, eu me comportei de modo distinto dos primos e irmãos. Éramos mais ou menos da mesma idade, com nomes bíblicos que só judeus e protestantes costumam usar. Família estandarte, com três filhos, casa própria, cachorro de raça e título proprietário em clube de campo.

De quatro em quatro anos, meu pai trocava de carro e fazia um filho. Normalidade burguesa na sua plenitude.

Minha mãe, que ganhava dez quilos em cada gestação, sempre guardou com cuidado as reservas de gordura ganhos nos períodos de bonança, para serem usados em tempos difíceis.

Tempos difíceis não vieram, o que permitiu à minha progenitora manter até os dias de hoje os cento e vinte quilos, pois mulher no período da gravidez descuida do *look,* se permitindo todas as luxúrias culinárias em detrimento da monotonia conjugal.

A QUEDA DO CAVALO

As férias escolares no final do ano apresentavam duas opções, para os alunos que não ficavam de segunda época...

Ou a praia de Olinda ou a de Piedade.

Vez por outra fugíamos à regra terminando em um sanatório lá pelos lados de Garanhuns ou Fazenda Nova.

Foi numa destas férias, que naquela época eram chamadas de estação de águas, que aconteceu o acidente. Nada como os acidentes para quebrarem a monotonia da vida provincial e repetitiva, onde as variações do cotidiano se resumem mais à tonalidade do verniz que à qualidade da madeira. Algo como optar entre café coado, ou filtrado.

Estou descrevendo o caso do acidente como condição obrigatória para este tipo de evento. Posso garantir que não foram poucos os gênios músicais, brilhantes generais, cientistas e políticos do tipo que podemos afirmar terem forjado o curso da história, que nasceram ou deixaram de nascer por acidente ou descuido.

Exemplo clássico desta matéria na minha família é a tia Sure Ester, que Deus a tenha em paz. Segundo fontes fidedignas que passam de boca em boca nos laudos familiares, afora ter toda a vida sustentado o marido, a emérita parente fez nove abortos numa clínica clandestina no aterro da Glória. Clínica do tipo que você paga dois e o terceiro é brinde.

Quando interrogada por um familiar se o fato de ter abortado nove vezes não lhe causava arrependimento, a zelosa parente respondeu sem rodeios que sim. Ela se arrependia de não ter feito onze.

A maioria destes acidentes corriqueiros terminam com um galo na cabeça, um joelho ralado ou simplesmente uma calça rasgada.

Existem, no entanto, acidentes que transformam a vida do cidadão.

Foi exatamente isto o que aconteceu com meu irmão Eliezer ao cair do cavalo. A verdade é que de bicicleta, patinete e cavalo todo mundo cai alguma vez na vida. Todo mundo cai e se machuca, sarando alguns dias depois. Mas com ele foi diferente.

Queda feia com pancada na cabeça.

Apesar dos cuidados médicos com injeção antitétano e bandagem posta na hora pra evitar infecções, o estrago estava feito.

Através do talho na testa do querido irmão, entrou a luz divina que desde então ilumina a sua vida. O *brother* daquele dia em diante passou a ter ligação direta com as esferas celestiais, sem necessidade de fios, tomadas ou intermediários. Ligação direta, que nem de carro roubado. Seu corpo se transformou em um verdadeiro santuário. E ele, que mal tinha feito a segunda visita a um puteiro na rua da Palma bem acompanhado do primo David, experiente mentor dos recém-iniciados.

Depois da queda, o querido irmão abandonou os caminhos do pecado. Desde então, ele anda pela monótona trilha dos justos, embrenhado nas veredas celestiais. Vida limitada por seiscentas e treze *mitzvot* na parte terrena, com a vaga esperança de ganhar a senha de entrada no duvidoso reino dos céus.

Dentro das restrições impostas pelas leis mosaicas, ele passou a comer peixe prensado imitando camarão, peito de peru com gosto de bacon, e a esposa também.

Família pequeno burguesa, esta minha. Caráter idêntico, variando só no peso e na estatura. Quanto ao resto, tudo padronizado.

A maioria, profissionais liberais do tipo mediano, afora alguns comerciantes anônimos, pois comerciante só entra em evidência quando enriquece ou dá um estouro na praça. Até agora, não houve nenhum com capacidade suficiente para preencher nenhum destes requisitos.

CIDADE PEQUENA, PORÉM DECENTE

Boa parte das histórias ligadas à família se deu no Recife, onde o autor destas memórias seletivas e reorganizadas segundo os seus interesses, viveu a infância e a juventude.

O Recife, ou melhor dizendo, a zona situada entre Olinda e Boa Viagem, ficou gravada na minha memória como uma cidade grande em tamanho, e provincial no modo de ser.

Cidade onde você conhece todo mundo, e todo mundo pensa que te conhece. Estou falando do Recife onde uma vez na vida se ia almoçar um filé mignon no restaurante Leite, e nos cinquenta e dois sábados restantes, um *galeto al primo canto* na palhoça do Melo. Recife do "deixa disso", onde sempre pra tudo se dava um jeitinho. Mesmo sem carteira de habilitação todo mundo dirigia o carro do pai emprestado ou levado sem permissão. No caso de sermos autuados em flagrante delito, as multas eram pagas na xinxa. Das mãos do infrator para as mãos dos agentes da lei, que despediam o delinquente com um sorriso meio sério meio cúmplice, dizendo em tom de pregador evangélico: “E não voltes a dirigir o carro sem carteira, para que não te aconteçam coisas piores”. A carteira entregue ao guarda, quando este pedia para ver os documentos, podia ser de motorista ou de dinheiro. Qualquer uma das duas resolvia o problema.

O destino do Chrysler da minha mãe, apelidado de “Belo Antônio” pelas alunas do curso de nutrição, era uma boate no meio do mato chamada de Toca do Pajé. Boate escura e barulhenta. Ideal para um sarrinho, porém impossível de se ganhar mulher no papo. Foi por estes tempos que eu descobri ser mais ágil de língua que de pé. Dança nunca foi nem será meu forte. Independente do ritmo eu sempre consigo estar fora dele.

RADIO JORNAL DO COMÉRCIO

Por volta dos seis anos de idade comecei a registrar impressões, e memorizar fatos. Lembro-me que nos anos sessenta do século passado, o Recife era a terceira maior cidade do Brasil, e o locutor da rádio "Jornal do Comércio" repetia todos os dias, serem as ondas do éter que saíam do seu microfone dirigidas a todos os povos e continentes.

"Rrrádio Jorrrnal do Comérrrcio, Rrrecife, Perrrnambuco, Brrrasil, falando para o mundo." Êta modéstia. Cada palavra carregada no "R" para ser melhor entendido no estrangeiro.

Não só irradiávamos para todos os rincões do globo terrestre, como também o Recife era a porta aberta do novo mundo para quem vinha do estrangeiro. Segundo meu pai, num papo de fim de festa, os Globe Troters jogaram no clube Português, e o Bolshoi deu show de balé no teatro Santa Isabel.

Brailovsky, Arthur Rubinstein, Cláudio Arrau, Madalena Tagliaferro, Yasha Heyfez e o coral dos meninos de Viena, servem como cabeçalho da honrada lista de artistas e trupes de primeira linha que se apresentaram no Recife de então. Estou a contar fatos ocorridos na primeira metade do século passado. Nos tempos em que as *ydishe mames* no bairro da Boa Vista sonhavam em ver o filho médico ou ao menos engenheiro, e não doleiro ou dono de motel. Naqueles tempos viagem transatlântica se fazia em navio com nome de rei ou de princesa, e viagem para o centro da cidade se fazia de lotação. É importante lembrar, que estou a contar histórias do arco da velha, quando o voo entre o Recife e o Rio de Janeiro, levava pelo menos doze horas com cinco paradas obrigatórias. Ao contrário dos aeroportos de Aracaju e Maceió, em Salvador se podia comprar guaraná gelado para acompanhar a galinha assada com farofa que a minha avó levava na bagagem de mão.

RECIFE DE OUTROS CARNAVAIS

Só há pouco tempo descobri com um atraso de muitos anos que o posto de terceira grande metrópole estava agora ocupado por Fortaleza. Cidade que nunca visitei. Só conheço o visual da praia de Canoa Quebrada pela boca de estrangeiros, sentado num barzinho no outro lado do mundo. Porém, o meu interesse neste livro é contar as histórias sobre o Recife de outros carnavais. Mesmo voltada para as origens européias, Recife é a mais brasileira das cidades, apesar de sempre ter buscado no velho mundo inspiração e semelhança. Qualquer semelhança serve como pretexto. Só pelo fato de ser cortada pelo Capibaribe, o Recife se autointitula de Veneza brasileira. Veneza sem gôndolas nem praça de São Marcos. Imagine-se o inverso. Alguém chamando Veneza de "a Recife européia".

Ao contrário do Sul, onde predomina o branco europeu, ou da Bahia com a negritude importada da África, o Recife misturou todas as raças. O tipo nordestino, ou mais especificamente o brasileiro angular. O brasileiro cortado e talhado nas medidas certas. Cientificamente mesclados e curtidos, como as boas cachaças mineiras, pois na miscigenação de raças e cores, as medidas e proporções são de importância primordial. Não só na definição da cor da pele como também no caráter e o jeitinho de ser.

O resultado pode ser visto por todos os lados.

Toda esta mistura entra pelos poros e pode ser respirada em todos os cantos da cidade. Fragrâncias únicas, que embebedam os sentidos. Mas é bom tomar cuidado. As fragrâncias devem ser cheiradas e não tomadas de um gole como o ela do "ele e ela". Pois se tudo que não mata engorda, tudo que se bebe engorda também.

OS REQUINTES CULINÁRIOS

Antes da Nestlé dominar o mercado mundial dos sorvetes, existia no bairro da Ilha do Leite, a melhor sorveteria da cidade que atendia pelo nome de Ki Sabor, escrito com k, pois o dono do local além de excelente sorveteiro, entendia de *marketing* e sabia a força de uma letra desusada no português cotidiano.

No mercado de São José, além da carne-de-sol com macaxeira e manteiga de garrafa, se podia comer a melhor salada de frutas do mundo. O quitandeiro usava como matéria-prima no preparo do imenso caldeirão de salada de frutas, mangas, abacaxis, mamão e banana nanica. Para o bom resultado da iguaria, as frutas deveriam estar num estágio inicial de putrefação, ou seja, um pouco antes de encontrarem o caminho da lixeira.

O copo de vidro barato onde eram servidas as frutas cortadas em pequenos cubos, também não devia ser lavado no exagero. Sempre é bom deixar o gostinho do batom da última cliente na borda do mesmo. As frutas vinham cobertas por uma garapa sintética avermelhada imitando groselha.

Depois do requinte culinário, um pouco de espiritualidade não fazia mal a ninguém. Em troca de um cruzeiro qualquer, o visitante podia colocar no punho uma fitinha de nosso Senhor do Bonfim, ou de algum orixá poderoso, contra o mau olhado dos invejosos.

O meu monogâmico amigo, e virtuoso pintor Ferreira de Peruíbe, costuma argumentar que nem só do paladar vive o homem. Cheiros e imagens criam o colorido incrementando o ambiente. O verde das matas cheiram frescor. O branco, pureza, e o azul, os ermos celestiais. O colorido na vida é como o fio de empinar papagaio. Mole quando enrolado, porém sem ele a pipa não sai do chão.

As comidas, a música e até o jeito do povo no Recife são diferentes. As marcas culturais e arquitetônicas despontam por todos os lados. Ao contrário do Rio e São Paulo, onde foram postos abaixo as mansões tradicionais para darem lugar aos arranha-céus; nas zonas relevantes do Recife, quase nada mudou. Seja pelo bom senso da preservação, seja pelo baixo valor imobiliário dos terrenos comparados com o Sul.

Fortes holandeses. Casas coloniais portuguesas, e prédios públicos que lembram Paris. Mesmo o samba que tem caráter nacional, com poucas nuances entre o samba carioca, e o samba nordestino, no Recife ele é diferente. Sem falar dos ritmos particulares como o frevo, maracatu, bumba-meu-boi e ciranda.

Pouco antes d'eu virar gente, estiveram no Recife os ingleses. Colonização inglesa leva muito e deixa pouco. Como lembranças desta passagem pelo Recife, os ingleses deixaram um cemitério, e o clube de golfe na avenida Caxangá.

Porém como avisei no comecinho, eu não quero estar sincronizado com a cronologia dos fatos, e ainda tenho algo para dizer sobre minha infância antes de tratar da minha juventude e dos tios, avós, primos e demais membros do clã.

A LATA DE BISCOITO

De todos os primos certinhos eu era o patinho feio.

Não quero me autodefinir como ovelha negra, ou lobo mal porque na realidade foram poucas as vezes às quais eu realmente levei à prática os esdrúxulos sonhos infantis de sacanear com todos e mandar tudo às favas. Nada de dramático.

O ato mais afoito levado a cabo até os sete anos de idade foi mijar dentro de uma lata de biscoitos importados da Inglaterra.

Vingança planejada nos mínimos detalhes. Creio que no jargão judicial, o termo para definir tão hediondo ato é crime premeditado de primeiro grau, servindo a idade do infrator como argumento atenuante. Vingança de não ter sido servido como todos os outros familiares do petisco. Naquela época, só quem comia biscoito inglês eram os adultos, sob o pretexto de que menino não tem paladar suficiente para apreciar produtos importados.

Não só biscoitos, como também chocolates, doces e frutas importadas estavam vedadas a menores de idade. Segundo minha mãe, o paladar infantil não sabe distinguir entre o gosto da pitomba e da lichia. Entre a carne de primeira e carne de terceira, ou o peito, e a moela do frango. Conclusão: menino gosta de biscoito Pilar, moela de galinha com batata cozida e bife de panela com arroz. Filé mignon com fritas, chocolate suíço, uvas, pêras e maçãs argentinas numa boca juvenil seria um verdadeiro desperdício. Menino naqueles tempos, não só era isento de paladar, como também não tinha dor de cabeça. Qualquer enfermidade desacompanhada de 39 graus de temperatura medidos no suvaco era imediatamente refutada como desculpa pra não ir à escola.

Não sei quem teve a má ideia que menino gordo é bonito ou saudável. Apesar de raramente ter visto um médico durante minha infância, nunca consegui quebrar a barreira dos 3 quilos acima dos 40 que faziam falta para agradar os parentes. Apesar de todas as dietas na fase adulta da vida, me marcou nos tempos de menino as promessas de ganhar uma bicicleta se passasse dos intransponíveis 41 quilos.

Como não tenho em mente nada de interessante ou dramático que valha a pena ser relatado antes dos sete anos de idade, afora ter mijado na lata de biscoitos, vou usar esta fase da vida como ponto de partida. Pois queda natural dos dentes de leite e mordida de gato não contam, mesmo que eu tenha recebido 21 injeções antir-rábicas na barriga.

Este é o estágio dos sonhos, em que todas as opções estão abertas, e o céu é o limite. O único problema que resta, é o indivíduo escolher entre ser astronauta, piloto de fórmula um, cobrador de lotação ou dono de uma franquia para explorar a filial de alguma igreja. Destas, que prometem prosperidade para os obreiros, e garante a prosperidade dos pastores.

É claro que os exemplos citados ficarão para sempre nos ermos dos ideais. A grande maioria dos ilustres membros da família nunca saiu dos limites da odontologia, engenharia, agronomia, instituto de nutrição, loja de jóias ou de roupas. Estou falando dos outros membros da família, pois eu via as coisas de uma forma completamente diferente. Desde menino, senti-me comprometido com um posicionamento não conformista. Todos na família chupavam sorvete de chocolate com calda de morango, menos eu.

Eu chupava sorvete de milho com ketchup, ou, melhor dizendo, sempre fiz o que quis, estando completamente descomprometido com os gostos sociais ou familiares, seja no campo profissional ou pessoal, apesar das expectativas postas em cima de mim como primogênito. Todos que falam nos problemas psicológicos do filho sanduíche, se esquecem do peso insuportável sobre os ombros do primogênito. Filho destinado a realizar os sonhos e fantasias frustradas dos pais, avós, tios e demais familiares.

Na pior hipótese de você não se tornar multimilionário, pelo menos que chegue a ser almirante, senador ou craque convocado para a seleção nacional.

VOCAÇÃO OU DESTINO

Este é o grande segredo. A flexibilidade. A grande problemática existencial do autor destas linhas, está na capacidade mínima de fazer tudo. Esta amplidão de opções dificulta a vida do cidadão. Ao contrário de uma prima (irmã) que aos oito anos pregou na parede um pôster de Dr. Kildare e desde então sua razão de ser estava dirigida à escola de medicina, eu tinha no quarto um pôster da página central da revista Playboy. Uma americana loira com peitos imensos. É importante salientar que naqueles tempos, tamanho e formato de peito eram dádiva divina. Haviam seios grandes e pequenos. Arrebitados e despencados. Enfim, havia uma variedade natural, antes de o silicone padronizar o tamanho e o bisturi, o formato. O pôster da americana, no máximo, podia indicar minhas predileções pessoais, porém não ambições profissionais.

A maioria dos primos se conformou com os meios caminhos, com as dúvidas menos generalizadas, em um só setor. Algo assim como vocação. Todos tinham vocação na família, e sabiam responder com prontidão aquela pergunta idiota que os adultos fazem sobre os planos futuros do adolescente.

O que é que você quer ser quando crescer?

A dúvida era entre estudar engenharia civil, pontes e estradas, militar, civil ou nuclear... Enfim, nada de raro. Todas as opções dentro do mesmo ramo.

Eu, no entanto, poderia optar por qualquer profissão. Se quisesse seria engenheiro civil ou médico-cirurgião. Em ambos os casos terminaria a faculdade passando pela tangente.

Imagino que o prédio não desabaria durante a construção, nem o paciente morreria na sala de operações. Mas jamais avançaria nestes setores, além do mínimo necessário.

Posso quase garantir, que pouco tempo depois de o prédio receber o habite-se, apareceriam nas paredes rachaduras do térreo ao teto. Mesmo que houvesse usado o dobro do cimento e ferro necessários.

Se optasse pela medicina, o erro médico cometido durante a operação, viria à luz alguns meses mais tarde na mesa do patologista. Depois de o paciente morrer atropelado por uma lotação, ou ir de encontro a uma bala perdida na troca de tiros, entre duas quadrilhas de traficantes no centro da cidade. É interessante que bala perdida sempre encontra a pessoa errada. Ou melhor dizendo: ela nunca encontra a pessoa certa, porque a maioria das pessoas certas nunca está no lugar errado. Para evitar estas mortes inocentes, a polícia deveria promover cursos de tiro ao alvo, distribuindo gratuitamente armas com mira telescópica e bem calibradas para todo bandido com carteira assinada.

Existem, no entanto, casos radicais de vocações mais generalizadas que a minha. O cúmulo das múltiplas e diferentes possibilidades profissionais sempre serão propriedade do meu colega de jardim da infância Alfredo Gayrovsky. Jovem polivalente. Alfredo estava indeciso entre as mais diversas opções profissionais. O meu amigo vivia o dilema ultimativo entre ser pedicure, pediatra ou pederasta. A decisão neste caso se torna de importância secundária, diante da diversidade capacitativa do meu colega de classe. Depois de terminar o científico, Alfredo sintetizou as opções de respeitado profissional no setor da podologia, enquanto que a pederastia se transformou para ele em *hobie* para não misturar as obrigações com os prazeres. Capacidade global e ilimitada. Mas não é este o lugar de se tratar de problemas generalizados. Como disse de antemão, estou decidido a me limitar às histórias familiares propriamente ditas, ou aquelas que pela vizinhança e afinidade influíram sobre a mesma.

JEITINHO OU GENÉTICA

Se julgarmos pelos antecedentes genéticos e a carga de D.N.A. que corre pelas minhas veias, posso até ser considerado um tanto pacífico e normal, apesar de ser o único dos três filhos a ter o nome de família do meu avô materno. O Greif entre o nome e o sobrenome de um recém-nascido, quando este ainda está a sugar inocentemente os peitos maternos, só pode ter sido posto por descuido. Os progenitores, ao que tudo indica, não puseram demasiado tino sobre as possíveis consequências que acarretariam o sobrenome do avô materno, no caráter do neto.

Toda esta idília e homenagem à família de minha mãe, diga-se de passagem, ocorreu antes de meu pai ter bastante convivência com o sogro. Do avô materno herdei a falta de jeito para os negócios, e o jeito de dar um jeitinho na vida. Quanto aos gens de loucura, estes foram irmanamente divididos entre todos os netos e netas sem nenhum pré-requisito. O termo "irmanamente divididos" pode ser enganoso, pois as porções de loucura herdadas do velho Greif foram distintas, apesar de distribuídas com fartura e sem nenhuma discriminação entre todos os herdeiros.

Temos na família doidos varridos, doidos de atirar pedra e doidinhos da silva. Só falta mesmo doido de jogar dinheiro fora e comer merda, pois até loucura tem limite.

O macrobiótico avô era aloprado e explosivo, o que hoje em dia é identificado nos livros da psiquiatria popular como *mishigene cop*, e ainda por cima de pavio curto. Vez por outra, o velho cacique explodia nuns ataques de nervos, ameaçando nunca mais pôr os pés em nossa casa, e deserdar o genro da tão decantada herança.

Meu pai, apesar de jovem, já era macaco velho, e ao que tudo indica, olhava a perda da herança com a mesma credulidade duvidosa do tão prometido e notável dote, que nunca se materializou.

O dote, diga-se de passagem, era parte das normas e costume dos patrícios naquela época, existindo nos anais da história comunitária do Recife, casamentos que quase foram desmanchados na última hora. O pai do noivo com voz firme afirmava em Ydish com sotaque da Bessarábia, "*nisht kein gelt, nisht kein hosane*", ou seja, "se não há dinheiro, não há casamento".

SAUDADE, BICHINHA DANADA...

Os primeiros sinais de rebeldia e espírito aventureiro surgiram um pouco antes da puberdade, na fase transitória entre os peitos da mãe e o das empregadas. Período ingrato no qual a cara se enche de espinhas e um buço escuro começa a emoldurar os beiços do projeto de homem. De todos os sinais, o mais marcante neste estágio da vida era o tesão de mijo toda santa manhã, como a lembrar as funções opcionais deste órgão virtuoso.

Não só virtuoso, como também impetuoso e até incomodativo.

A partir dos onze anos, ele se tornou independente, resolvendo sem nenhuma razão aparente ditar o comportamento do jovem púbere. Muitas vezes, com a desculpa de uma dor de barriga, eu corria para o WC onde, com a mão firme, tentava se não domar, pelo menos acalmar o órgão rebelde.

Mesmo depois de frequentar os puteiros na rua da Guia, e o quarto das empregadas no quintal da Galvão Raposo, sempre terei no canto do coração uma ponta de saudosismo para com a punheta infantil. A masturbação vulgarmente conhecida no Recife como bronha, é um ato primário e simples. Apesar da simplicidade, a punheta tem um quê de sofisticação. Ela permite a você transar com uma loura sueca ou finlandesa, pois ninguém sonha com uma loura oxigenada que por "dez mirréis" você reboca no "Quem me Quer", perto da ponte Princesa Isabel.

O grande poeta Azril Gandelsman declamou num arroubo de inspiração "ser a vida, uma doce ilusão. Você sonha com a Júlia Roberts e acorda com o pau na mão". Tão conciso e tão brilhante.

As mulheres ideais, segundo o meu dileto amigo, são as mulheres dos sonhos, todo tempo em que o sonho não se materializa, pois ninguém sonha com algo que se tem, ou em ser algo que se é.

O príncipe sonha em ser rei, o rei sonha em ser Deus, e Deus...

A maioria dos viventes sonha coisas medíocres, ou seja, sonhos pequenos destes que têm possibilidades de se concretizarem. Sonhar alto é privilégio de alguns poucos homens de visão, ou dos muitos loucos, alucinados e tarados soltos por aí. Tome cuidado. Tenho um amigo que sonhou com Dulcinea a esperá-lo num barzinho em Palma de Maiorca, e acordou do sonho entre as pernas de uma quenga na rua da Palma ou no beco da Porca.

Este desconformismo, que em geral passa com o tempo em todos os jovens normais, encruou na minha alma, marcando profundamente o meu caráter. Ou quem sabe, a falta do mesmo até os dias de hoje. Creio piamente em tudo que escrevo, usando a maturidade adquirida com o passar dos anos, pois os anos passam, e as veias cerebrais se põem intumescidas pelo colesterol, enquanto as dos órgãos genitais pela mesma razão se tornam flácidas. Não tenho dúvida que esta chamada à bandalheira sempre esteve imbuída dentro de mim. Algo herdado do avô materno, ou mesmo quem sabe vocacional.

O MERCADO

Na falta de heróis reais nas vizinhanças, busquei os meus nos almanaques de segunda mão, vendidos na banca de revistas, ou melhor dizendo: LIVRARIA E PAPELARIA DA MADALENA como era formalmente conhecida.

Diga-se de passagem, a única livraria do bairro. Livraria sem obras literárias, com poucos livros escolares, cadernos baratos e montanhas de gibis, almanaques e fotonovelas. A livraria se encontrava num ponto estratégico, situada bem no centro do mercado da Madalena. Lugar visitado naquela época por toda a população das redondezas, antes de inventarem os super, hiper e mega mercados. O mercado era bom, bonito e barato.

Não faltava absolutamente nada de necessário ou supérfluo.

Tinha sapateiro, barbeiro, restaurante, açougue de carne verde, barraca de frutas e verduras onde o mínimo vendido era o quilo ou dezena. Ninguém pode imaginar um quitandeiro no mercado da Madalena vendendo meio quilo de tomate, duas mangas e um abacaxi. No caso de o freguês insistir em comprar três pepinos e duas cebolas, o verdureiro lhe explicava que na sua barraca se vendia comida e não colírio. Se o cliente queria "remédio", podia comprá-lo na farmácia do seu Austriqlínio. Entre gaiolas com papagaios e periquitos vivos de um lado, e do outro um açougue com galinhas mortas, havia um mosqueiro que vendia caldo de cana com pão doce.

Junto da lanchonete, a barraca de mãe Dodô, uma negra velha toda engilhada que vendia apetrechos de macumba, ela queimava incenso pra afastar os maus espíritos em geral, e do Tranca Rua em especial. Segundo a macumbeira, o último havia se encarnado no vizinho da direita. Maus espíritos e "direita" sempre andam em parceria. Entre os seus clientes podiam se encontrar beatas frequentadoras da paróquia local, fiéis do templo Batista, judeus ecléticos, e até uns ateus esquerdistas que compravam produtos votivos de Xangô, por via das dúvidas.

Segundo o boato que ninguém sabe bem se era só uma lenda, mãe Dodô nascera no quilombo dos Palmares na época da escravidão. Coisa difícil de se provar porque negro, japonês e artista de telenovela, depois de uma certa idade, estacionam no tempo. Ela tinha a fama de ter sido, na juventude, bonita e braba. Fato também difícil de se confirmar, pois os anos haviam acalmado o temperamento da velha e apagado qualquer traço de beleza. Porém, quem pode discutir com a voz do povo?

Todos os fatos aqui relatados ocorreram nos anos cinquenta do século passado, quando as células do P.C. e os terreiros de macumba eram perseguidos pela polícia, antes de se tornarem *in*.

O terreiro era frequentado, naqueles tempos, por proletários de verdade com fé em Iemanjá, e por proletários de mentirinha (membros do PC) com fé nela também.

LIVRARIA E PAPELARIA DA MADALENA

Seu Euclides, o dono da livraria do mercado, como todo míope, era meticuloso, limpo e organizado. Ele sabia o lugar exato onde encontrar qualquer gibi ou foto-romance, mesmo que fosse de julho do ano retrasado. Os almanaques com as histórias de Mandraque, Zorro e Fantasma, o herói da floresta, estavam separados das outras pilhas de revistas, estando cada um marcado com o seu preço individual. O preço era dado segundo o *rating* alcançado na semana da publicação, ao contrário dos outros almanaques, gibis e fotonovelas, cujo valor derivava unicamente do estado de conservação da capa, e da existência de todas as páginas interiores. Na falta da página central, o que era bem comum, seu Euclides além de fazer uma rebaixa no preço, completava verbalmente as histórias com todos os detalhes, como se houvessem sido escritas por ele próprio. No caso de algum lapso na memória fenomenal e reconhecida por todos, ele não perdia o rebolado, e com a mesma segurança e entonação inventava os textos em falta. O que hoje me chama a atenção, e naqueles tempos me parecia banal, era o fato de os preços estarem marcados em réis, pois há muitos anos, o cruzeiro com o brasão da República servia de moeda corrente em todo território nacional. Creio que somente na pequena república independente do seu Euclides o preço continuou marcado em réis. Talvez mero saudosismo, ou por não botar fé na nova moeda, o dono da livraria continuou a manter os preços antigos, como um vidente ou profeta.

Apesar de só ter cursado o primário, e metade do ginasial, o dono da livraria entendia de economia, política, medicina popular, e com a intuição que é dádiva divina, previu com grande precisão a queda da União Soviética, o fortalecimento do fundamentalismo islâmico e as futuras mudanças monetárias do Brasil. Mudanças que se davam a cada quantos anos, cortando os zeros e trocando a moeda de nome. Segundo o erudito banqueiro, a noiva era a mesma. O que mudava era o vestido e a grinalda. Para não deixar nenhuma dúvida no leitor, quero lembrar que dono de banca de revistas, bicheiro e dono de banco são todos banqueiros. Dos três só o último abre falência vez por outra.

As reformas monetárias na segunda metade do século passado só foram superadas na sua frequência meteórica pela troca de parceiros na cama da minha amiga Danda. Aquele doce de coco côr de jambo do Pará, acabou rebocada por um inglês ruivo que veio dar um *look* no carnaval de Olinda. O gringo se engraçou pela miniatura de mulher. Miscigenação ideal, está de inglês velho com pernambucana nova. Casal pacato e de bom entendimento, pelo menos por hora, já que nem ela fala inglês e ele, além de dizer xuxu e xixi, não aprendeu absolutamente nada do português.

PARGODE CHINÊS

O dono da banca de revistas, apesar da miopia, tinha visão e perspectiva. Ele anteviu com muita precisão, que depois de algumas décadas de instabilidade financeira, o Brasil voltaria aos braços do real, como um marido que volta de uma aventura extraconjugal aos braços da mulher amada. Dito e feito.

Afora gibis e almanaques para a garotada, seu Euclides tinha uma área dedicada às fotonovelas em preto e branco para o consumo intelectual das semianalfabetas donas de casa, e empregadas domésticas da redondeza. Este material era vendido na xinxa, ao contrário do material escolar que podia ser pago em módicas prestações. Seu Euclides controlava o pendura dos cadernos com pequenos bilhetes escritos à mão. Todos devidamente enfiados num prego pintado de preto bem no meio da loja.

Quanto aos jovens adolescentes do bairro, a livraria servia como ponto de encontro, antes da *soirée* no cinema Real que ficava a umas três quadras do mercado. Além da sala de projeção, o cinema também servia como sala de audição. Por "duzento réis" se podia escutar um rádio instalado no local, transmitindo diretamente os jogos de futebol do estrangeiro ou do Sul do país.

Quem não ia para o cinema, usava o dinheiro da entrada para comprar às escondidas por trás de um pargode com motivos orientais umas revistinhas de sacanagem. Revista em preto e branco onde se via o que era chamado na época de sexo explícito. Xoxota fotografada em *close up* com pentelho, pequenos e grandes lábios, e demais apetrechos existentes na região erógena feminina. Este material impresso permitia a concretização dos sonhos da juventude local. Com as mãos trêmulas, e as glândulas salivares trabalhando horas extras, sabiam estar ganhando um punhado de prazeres temporais, e o fogo eterno do inferno.

OS IDEAIS

As verdades eternas e passageiras, temperadas com o romanticismo pós-modernista, e outras baboseiras mais, foram os ideais da minha geração.

Todos andavam com "Sursis" e outros livros de Sartre debaixo do sovaco, na expectativa de entender os segredos existenciais da vida. Se não púnhamos suficiente esforço em adquirir o conhecimento por meio da cansativa leitura convencional, pelo menos acreditávamos que alguma frase iluminada podia entrar por osmose na cabeça encharcada pelas caipirinhas, ou defumada pelos baseados preparados no capricho.

Os mais eruditos liam a Peste ou algum outro livro de Albert Camus, sendo o "Segundo Sexo" de Simone de Beauvoir literatura obrigatória para todos os jovens na década dos sessenta.

A leitura do prefácio e da contracapa eram suficientes para conferir ao pretenso intelectual o direito de disertar com eloquência sobre a problemática existencial. Sem necessidade de muito esforço, você sempre acabava encontrando alguém menos capacitado para servir de cobaia para o teu recém-adquirido jargão literário.

Lembro-me bem do "Segundo Sexo". Ele permitia irmos direto ao assunto sem necessitar de muitos rodeios. Afinal de contas, a distância entre o "Segundo Sexo" e a cama de uma pensão sempre será mais curta que os "Diálogos de Platão" ou o "Talmude Jerusalimitano".

É fato confirmado e sabido, desde que o mundo é mundo, que o macho está disposto a dissertar com eloqüência sobre qualquer assunto pra se encamar com a fêmea desejada ou encontrada, pois nem sempre se tem o que se quer. A fêmea por sua vez está disposta a se encamar com o macho pelo bel-prazer de escutar a tagarela do mesmo. Simbiose perfeita, como a orquídea branca no pé de manga espada na casa da minha avó.

OS INTELECTUAIS E OS BOSSAIS

Política estudantil, guerra do Vietnã, combate ao imperialismo Yankee eram *políticaly corect* na década de sessenta.

A simpatia para com as feministas bonitas era obrigatória nos meios estudantis. Os negros conscientizados deixaram de espichar o cabelo e passaram a ser afro-brasileiros, sem falar dos refugiados tibetanos e outros alienados da época que se tornaram *personas gratas* nos meios estudantis.

Se a intelectual era loura acadêmica e poliglota, poderia ir um passo mais adiante ao tornar-se amante de um negro casado e pai de sete filhos. De preferência semianalfabeto com alma de compositor popular. Vez por outra, ela acabava recebendo uma bolacha na cara, pra aprender a não falar em francês na frente dele. Agora a moda dizia *Black is beautiful*. Os termos anglo-saxônicos davam ênfase e um chique cosmopolita a qualquer bobeira que pintasse. Pois até lanchonete suburbana prefere vender "hoti dogi" com "quetshupe" em vez de cachorro-quente com extrato de tomate. Ao contrário das expressões inglesas, o francês só era usado pelos boiolas declarados, ou por aqueles que ainda estavam com um pé lá e outro cá. Destes que ficam na moita esperando o registro definitivo da herança do avô. O velho, mesmo gagá, não iria deixar de mão beijada aquele belíssimo apartamento à beira-mar, para que o neto usasse o local como alcova de amores proibidos.

Os ideais serviam de desculpa para todos aqueles que não queriam pôr demasiado esforço nos estudos formais. Ou, que Deus perdoe-me, a heresia de ganhar a vida com o suor do rosto próprio. Isto é: todo o tempo em que o pai esperançoso de algum dia ver o filho de beca e anel, estivesse disposto a financiar a eterna faculdade do rebento vagabundo. Porém, de todos os itens políticos de âmbito internacional ou local, sem dúvida que a grande revolução da minha geração não foi política. A grande revolução não se deu pela queda do regime, ou mudança radical na infraestrutura socioeconômica do país, e sim por meio da revolução cultural e permanente.

Não estou me referindo à revolução cultural pós-Mao Tse Tung, levada a cabo pela viúva mal comida do defunto ditador, ou da luta armada nunca levada a cabo pelos defenestrados grupos trotskistas. Revolucionários de mentirinha ocupados em propagar a "revolução permanente" entre um *sniff* de cocaína, e um trago de caipiroska.

A quarta internacional tinha como plateia duas dúzias de simpatizantes, que se dividiam como amebas em quatro diferentes lideranças autênticas. Tampouco tomo como exemplo a revolução *hipye* dos anos sessenta. Movimento que quase desestabilizou o *establishment* burguês, desaparecendo do palco da história sem deixar vestígios maiores que manchas na mucosa nasal dos revolucionários.

Todas as revoluções citadas, nunca foram além de modismos temporários. *A priori* estavam indelevelmente condenadas ao fracasso. Estou tratando, meus caros leitores, da revolução ultimativa e global. Revolução que libertou dos medos e tabus a metade da humanidade. Todas as mulheres do mundo libertas sem distinção de raça, classe social ou idade. Coroas e adolescentes, loiras, negras e mulatas, livres do medo de engravidar e da frustração da camisinha. Minha sábia mãe sempre diz que trepar de camisinha é como chupar um confeito sem tirar o celofane, ou tomar banho vestindo uma capa de chuva. Eu também nunca me adaptei a estas maravilhas da tecnologia moderna que garantem que você "está com e sente como se estivesse sem". Carta de amor para mim, até hoje, tem que ser escrita a mão, com caneta tinteiro e não dedilhada no teclado de um computador. O mesmo eu digo do gozo dentro desta embalagem de borracha. Você não goza como deve, e a parceira fica naquela dúvida se o "ai meu Deus" dito baixinho foi ponto final na transa, ou exclamação intermediária naquela correria louca em direção ao curto- circuito. E viva "As Virgens de Olinda", viva o "Santa Cruz", e viva a pílula anticoncepcional.

Não me pergunte o porquê destes três "vivas", ou se existe alguma lógica na ordem em que foram postos.

O que posso garantir, é que o tablete das pílulas cor-de-rosa quebraram os grilhões do patriarcado, destruindo de supetão os pilares da tradicional família pernambucana. As normas de comportamento foram por água abaixo junto com o romanticismo, e a cretinice existente na época. Desapareceu o medo. O medo de se meter de verdade, sem ficar sarrando nas coxas. Aquele bota não bota. Ela levantando a saia sem tirar a calcinha pra não engravidar. Ou por duvidar da sinceridade existente na promessa que o namorado soprava baixinho no ouvido dela, dizendo entre mil juras de amor que era só a cabecinha. Só a cabecinha e nada mais, ele repetia, enquanto tentava dar um beijo de língua que algum idiota resolveu chamar de "a la francesa".

Posso afirmar que no campo da culinária os franceses deixaram algumas marcas, como o *croissant, brioche*, e batata frita, sem falar no pão francês. No entanto, no que se refere a sexo, os franceses em nada contribuíram para a cultura universal.

Absolutamente nada. "*Nothing at all*", "*rien du tout*", "*gurnisht mit gurnisht*", "*niente*". As francesas não sabem beijar, nem trepar. O uso de termos francofônicos como *minette* e *ménage a trois* são puro provincialismo de quem visitava Paris nos meados do século passado. Quando a viagem para a Europa era feita em transatlântico, antes da aviação comercial permitir a todo "fofa bosta" um giro pelo velho mundo. O cara de volta à terrinha trazia na bagagem chocolates belgas, vinhos franceses, e um corte de tropical inglês, vomitando na frente dos amigos imaginárias orgias e conquistas virtuais na cidade das luzes.

ARTIGO DE LUXO

Foi por estes tempos que Juscelino construiu Brasília, Tom Jobim, João Gilberto, Vinicius e tantos outros criaram a Bossa Nova, e o Brasil se tornou tricampeão mundial de futebol.

Se não me falha a memória, meu irmão caçula começou a usar calça comprida. Aprendeu a andar de bicicleta, e pegou na gratuidade a primeira blenorragia, que era conhecida na época pelo carinhoso diminutivo de "blenô" com circunflexo no "o".

Deixa eu botar só a cabecinha e nada mais, passou a ser fora da moda. O jargão do sexo livre deixou de ser artigo de luxo de boêmios e intelectuais, passando um processo de democratização geral. Esta era a nova moda. As onças andavam soltas e famintas.

Ele não tinha mais que implorar como um mendigo. E ela estava definitivamente livre da obrigação de consentir em silêncio, como se quem estivesse transando não fosse ela própria, e sim a vizinha do terceiro andar. No dito popular, "mais que o bezerro queria mamar, a vaca queria amamentar". "*Vox populi vox Dei*".

Imagine-se o escândalo. Moça direita, de tradicional família paulista, ordenando sem pudor ao namorado estupefato num apartamento estudantil em Tel-Aviv: "Bota forte meu amor. Mete todinha, porra".

O "mete todinha" dito em voz alta e clara, para que a companheira de quarto que ainda guardava a virgindade morresse de inveja. Inveja que só uma mulher pode sentir ao escutar a curtição da companheira ensaboada embaixo do chuveiro pra melhor conduzir as energias positivas.

A revolução sexual nos anos sessenta destruiu as normas do dia-a-dia. Você trepava no chuveiro, dormia na sala de visitas e comia no quarto de dormir. Transar na cama passou a ser coisa do passado.

Agora, o negócio era fornicar em pé que nem Saci-Pererê.

Um pé no chão e o outro envolvendo a anca do namorado como um abraço de jiboia. Apesar do "todinha" dito por ela vir no diminutivo, as mulheres a partir dos anos sessenta se tornaram gulosas e exigentes. De agora em diante, nada seria como fora até então. Tudo diferente. Diferente mesmo. Sem limitações e poucas regras. Um verdadeiro pega pra capar, com atos ditados pelas circunstâncias e nada mais. Espontaneidade era a palavra-chave em tudo o que se referia ao relacionamento entre ele e ela.

As transas pintavam com uma naturalidade até então desconhecida. Havia mais investimento intelectual na escolha entre um pastel de carne ou de palmito que na parceira com quem você se encamava.

O pastel, antes de ser comido, nós nos interessávamos pelo conteúdo. A mulher não. Os homens estavam todos surpresos e perplexos com a grande descoberta. Até então existia uma dúvida se mulher direita realmente gostava de sexo sem ter em vista metas procriativas. Mulheres da vida é claro que deviam gostar. Empregadas domésticas, mocinhas suburbanas e comerciárias também. Mas o que dizer da namorada virgem, da irmã pudica ou da santa mãe do dito cujo?

"Eureka!" Mulher gosta de sexo.

"Gosta" é pouco. Elas estavam vidradas com a novidade de serem comidas de verdade. Sexo variado e sofisticado. Fim do P.F. e abertura para nova era *a la carte.*

Foi por estes tempos que elas começaram a exigir reciprocidade. Você, que até então vivia na moleza comendo na mão que nem galo cego, se vê de queixo caído na xana da parceira. Elas passaram a exigir que o futuro boquete fosse pago de antemão com juros e muita imaginação.

Adeus à chupada unilateral dentro do carro.

Você sentado numa boa, usando o occipital dela como bandeja pra cervejinha gelada, enquanto o rádio transmitia a final do campeonato pernambucano de futebol.

MÁRCIA

O ponto mais difícil de ser assimilado pelos homens da minha geração foram as comparações.

Sem dúvida, não foi fácil encarar o risinho cínico da encantadora mulher que fora batizada por sua madrinha com o nome de Márcia do Rego Bravo. Márcia, uma sergipana gordinha de olhos verdes era dona de um tesão monumental. Em menos de um ano no Recife ela se tornou *doctor honoris causa* do Siri na lata, conhecendo na intimidade toda a ala de instrumentos de sopro do famoso clube carnavalesco. Restrinjo-me à ala das cornetas, clarins e trombones de vara, pois é necessário se esquematizar as histórias sem entrar nas minúcias e detalhes marginais. Apesar de secundário, tenho que contar que Márcia também se deitou com o cara do bumbo, da cuíca e do tarol. Sua única exigência frente aos parceiros dos instrumentos de percussão era que mantivessem o ritmo.

Conheci a Márcia no Ecológico em Olinda. Lugar estratégico de quem andava em busca de parceiro para uma rapidinha descomprometida. O local servia como ponto de partida pro alto da Sé, ou pro motel Praia Norte. Tudo dependia do ritmo com que as coisas se desenvolviam. A pressa, no entanto, é inimiga da perfeição. Foi no

Ecológico que o meu amigo Dantshu apressado pra mais da conta, acabou rebocando um travesti.

Enquanto eu derrubava uma caipiroska feita no capricho, ela se achegou pras minhas bandas rebolando, mais cheia de si que vedete paulista de visita ao Piauí. Márcia puxou uma cadeira, e sentou na minha mesa com o olhar de dona do terreiro, ordenando ao garçom que lhe trouxesse um uísque duplo sem gelo.

Ela frisou o "sem gelo", explicando que gostava de tudo ao natural. Nada de modificar a temperatura ambiente para não aumentar o furo na camada de ozônio. Os frequentadores do Ecológico já se preocupavam com o aquecimento terrestre, mesmo antes deste assunto virar moda. Aproveitei a dica que toda mulher deixa no ar quando diz gostar de tudo, e fui logo perguntando se ela realmente gostava de tudo mesmo. Apesar de a pergunta ter um caráter geral, o tom deixava claro que o "tudo mesmo" salientado por mim, não se referia aos gostos culinários, arquitetônicos e artísticos da minha recém-chegada amiga. Márcia fez um sim com a cabeça, e eu chamei o garçom para pagar a conta. Daqui para frente as cartas estavam abertas em cima da mesa, e ela podia a qualquer momento dar o sinal de partida em direção do Praia Norte.

Não sei a troco de que, a diva rebolante deu uma de intelectual perguntando enquanto mastigava um bolinho de bacalhau, a minha opinião sobre Nietzsche, Marcuse e Schopenhauer, sem me dar a mínima chance de responder que nunca havia lido nenhum dos três. Pelo tom como fui questionado, creio não ter sido o primeiro nem irei ser o último a quem ela fez esta pergunta pré-fabricada. Márcia ainda tentou puxar conversa perguntando sobre o meu horóscopo, e se eu gostava de chupar manga rosa. Respondi ser de libra, e que adorava chupar manga em geral e rosa em especial. Ela suspirou profundo, e com os olhos semicerrados como se estivesse a usar 80 por cento da sua capacidade intelectual, disse com autoridade serem os homens de libra inteligentes e bons de cama. O meu sexto sentido me diz que se eu fosse aquariano, escorpião, touro, ou qualquer outro símbolo do zodíaco, a resposta da diva rebolante teria sido exatamente a mesma. Na falta de assunto, depois deste monólogo minimalista, fomos direto ao assunto, que era a filosofia prática da vida.

Mal dei-me conta e já estávamos agarrados dentro de um quarto espelhado destes que permitem você curtir a transa em todos os ângulos. Só então nos apresentamos formalmente.

Perguntei pelo nome dela e ela perguntou pelo meu.

Márcia, e o seu? Efraim.

Eu tirei as calças e a cueca, enquanto ela deixava cair o vestido numa displicência previamente ensaiada, com a maior cara de pau pra quem não usava calcinha.

Nua e belíssima.

Entre uns amolengados nos peitos e um beijo na barriga ela me olhou meio compadecida, franzindo os olhos como a se certificar de que não estava a ver a amostra grátis de um sexo masculino. Balançando a cabeça, Márcia chamou meu compacto porém orgulhoso órgão genital em estado de ereção de piu-piu.

É claro que me contive pra não soltar um desaforo falando em português castiço, que piu-piu era a puta que a pariu.

Ofendido até o fundo da alma, tentei lhe explicar que ela podia chamar o membro que lhe roçava os lábios de pau, caralho, cacete, pica, bimba, bilola, ganso, chamango ou qualquer outro sinônimo, mas lhe implorei pelo amor de Deus que não chamasse outra vez meu sexo de piu-piu.

De repente existiam parâmetros empíricos. Elas, neste meio tempo, tornaram-se exímias conhecedoras do assunto. As mulheres até pouco tempo, pudicas e recatadas, começaram a ser seletivas como se houvessem comido o fruto do conhecimento, comparando o tamanho, o calibre e a *performance* dos parceiros.

Um Deus me acuda. Verdadeiro vexame.

É VÁLIDO OU NÃO É VÁLIDO

Marcante foi o desaparecimento como por encanto daquela pergunta imbecil, do "é válido ou não é válido".

Pois é. Esta babaquice que hoje em dia faria rir a qualquer adolescente, era levantada na maior seriedade por mulheres acadêmicas da Faculdade de Odontologia de Pernambuco. A pergunta se o que estava pintando "tinha validade ou não" era proferida de forma apologética e teatral, como se fora a pergunta mãe de todas as questões. Algo como "*To be or not to be*" eis a questão. Pergunta retórica, pois as jovens acadêmicas já sabiam qual seria a resposta do parceiro. Apesar da cara inocente e virginal, as aspirantes a dentista que questionavam a validade dos fatos, eram todas mulheres experientes. Conhecedoras do sexo masculino nas suas nuances e detalhes. Posso garantir que a maioria das eméritas profissionais entendiam mais do "material" usado pra tapar o buracão no sovaco da coxa, que dos materiais usados para tapar o buraquinho do terceiro molar.

Do momento que a pergunta do é válido... era lançada no ar, nada mais conseguia devolver o gênio pra dentro da garrafa.

Um verdadeiro porre.

É óbvio que você com a maior cara dura mentia pra ela. Ela também mentia pra você, fingindo ter acreditado.

O diálogo lembrava a pergunta do pai, se o filho já escovou os dentes antes de dormir. Parte da praxe obrigatória do ritual romântico antes de se meter o sexo oposto no sexo próprio, ou vice-versa, pois a ordem dos fatores não altera o produto. O meu amigo Salomão diria que esta veracidade é imbatível, a menos que o sexo oposto seja idêntico na morfologia ao sexo próprio. Homem inteligente e gentio com duas asinhas angelicais nas omoplatas másculas como de um boxer.

Todos estes eventos cósmicos do começo da globalização estão ligados diretamente à decadência da livraria do seu Euclides.

A revolução sexual dos anos sessenta foi como pregos nos pneus da livraria. Ninguém mais buscava revistas pornográficas por trás do pargode com motivos orientais. O visual passou de repente a ser tridimensional, com textura e cor. Os mais afoitos e requintados, falavam também de cheiro e de paladar. Cheiro de gorgonzola e gosto de salmão defumado, ou quem sabe o contrário.

OS REALISTAS

Apesar de a maioria dos meus bons amigos sonhar com grandes eventos, já havia por aqueles tempos um bom número de colegas que os ideais de mudanças radicais na história pátria e universal, se limitavam à aquisição de casa própria, carro do ano, e título proprietário em clube de campo.

Isto sem falar nos mais malandros e realistas. Estes, já cogitavam desde o primeiro namoro, a hipótese pouco romântica de um golpe do baú com a sobrinha do português dono do armazém de secos e molhados, ou com a filha de dona Amara das bancas de jogo do bicho. Ambas opções garantiriam uma futura estabilidade econômica para os colegas malandros, independente da situação nacional. Mesmo em tempos de crise e desemprego, ninguém deixa de comprar fiado, e muito menos de jogar na cobra ou no cavalo a fim de ganhar um dinheirinho no jogo do bicho para pagar o pendura da venda. Acertar na dezena ou no milhar se torna em tempos difíceis quase uma obsessão. Você joga de dia o que sonhou de noite. Existem sonhos simples, como sonhar com um leão dentro de uma jaula com fundo preto.

Neste caso, é obvio que o bicho sorteado no dia seguinte será o leão. Outros sonhos são complexos, exigindo habilidade intelectual e intuição para emplacar uma centena ou milhar.

Você sonha com o leão comendo um cavalo. Antes de ser comido pelo leão, o cavalo participa de uma corrida no hipódromo do Prado, onde o jóquei do cavalo premiado é o número 24.

Você fica na dúvida se joga no leão, no cavalo ou no veado.

A minha cabeça e de uns poucos defenestrados mais, continuava, no entanto, cheia de caipirinha e ideologia.

A ordem da citação não influencia no resultado, já que cachaça e ideologia se misturam na cabeça do cidadão como ar e gasolina na câmara de combustão. Esta alusão tecnológica provavelmente é o único resquício que me restou dos anos passados na Escola Técnica Federal de Pernambuco. Segundo o mitológico diretor da nobre instituição escolar professor Josef Mesel, motores e o autor destas linhas nunca andarão juntos nem de mãos dadas.

AS MIRAGENS DA VIDA

Estes foram os bons tempos que não voltam mais. Deixei crescer uma barba estilo Che Guevara, vagando em sonhos nos ermos de Passárgada, ou vagabundeando no TPN da vida real.

No barzinho do Teatro Popular do Nordeste comi empada de palmito, coxinhas de galinha com catupiri e bobó de camarão. Tomei *Cuba libre*, cerveja gelada e caipirinhas de maracujá e de limão. Vez por outra, eu ganhava uma entrada para assistir alguma peça de teatro marginal, onde estrelavam artistas locais. A maioria deles semiprofissionais.

Ao contrário das mulheres semiprofissionais que trabalham de dia e complementam os ganhos à noite, os artistas de teatro se apresentam à noite, trabalhando durante o dia na venda de roupas, de pizzas, ou de carros usados, para ganhar a vida. Um deles era um judeu com cara de Jesus. Interessante que nunca um artista teve a coragem de pintar Jesus com cara de judeu. Germano Haiut poderia ter sido o artista da vida, se não fosse a tentação da pecúnia. Acabou trocando os aplausos do palco pelo tilintar da caixa registradora na lojinha. Quanto talento jogado fora. Mas quem sou eu pra julgar os outros?

O que eu falo dos outros, os outros podem falar de mim.

Afinal de contas, eu também deixei as belas artes pelos maus negócios?

O importante na vida é fazer algo marcante. Qualquer coisa que permita aos outros falarem de você, como alguém que não passou pela vida em brancas nuvens. Falem mal, porém falem de mim, dizia a *mora* Sarita, pois na vida se não se fala de alguém, este alguém não existe. Ela conta com uma ponta de orgulho, como flagrou o marido solto na buraqueira depois de meio século de vida conjugal. Na divisão dos bens, o ex deixou de herança para um filho problemas cardíacos, para o outro colesterol, e para ela um furo na conta bancária. Aproveito a ocasião para pedir perdão aos professores em geral, e aos meus em especial, por sempre ter achado que os mestres não tinham senso de humor.

VERDADES E MENTIRAS

Nossa existência depende da percepção alheia, dizia o meu amigo Ignácio. O "judeu pão-duro" por exemplo, é todo aquele que o vizinho o define como tal. Independente da fé, ou da origem racial do "pão-duro" que pode ser católico ou chinês. O mesmo podemos dizer do "baiano preguiçoso", que pode ser carioca, ou da loura burra, que pode ser loura ou não. A partir do momento em que alguém é definido como loura burra, não importa se o louro é pintado ou natural, já que nós não somos o que somos, e sim o que os outros dizem que somos. Estereótipos não faltam. Bicha louca, para o homossexual, mesmo se o cara for *cool*. "Negro burro", independente dos dotes intelectuais ou da cor do dito cujo. Gordo alegre, magro mal humorado etc.

Depois que espalharam que você é judeu, baiano, e tua irmã é puta, vai explicar que você é filho único, batizado na igreja de São Vicente de Paulo e trabalhador. Tenta dizer para o povo que você é um gordo puto da vida com a tua barriga, e que trocarias de bom grado o teu bom humor pelo prazer de comer à vontade sem engordar. Poder misturar hidrato de carbono com proteína, e depois entrar na TNT para comprar a roupa que você quer, e não a que você entra.

Meu testemunho em geral pode não ser coerente, porém é verdadeiro, apesar de eu sempre ter ao menos dois pontos de vista e várias opiniões sobre um mesmo assunto. Esta multiplicidade esquizofrênica irá permitir ao cotidiano correr, ou melhor, escorregar mansamente, já que se faz necessário abaular os cantos da vida para que seja vivida sem grandes atropelos.

É importante lembrar que toda a verdade é constituída de umas tantas meias mentiras. Por sua vez, as meias mentiras repetidas se tornam verdades, e as meias verdades em escabrosas mentiras, ou será que não?

Se não fosse verdade o que acabo de afirmar, de que viveriam os advogados e políticos?

Os advogados ganham dinheiro para mentir, e os políticos mentem para ganhar dinheiro. Meio sonhador, eu buscava as verdades absolutas e eternas, apesar que desde cedo, percebi serem as verdades múltiplas, e mais que tudo, passageiras. Já que as miragens da vida nem sempre nos levam à sombra da figueira, nem às fontes de águas cristalinas. Muito pelo contrário.

Tudo em nossa volta talvez não passe de uma mera ilusão. Fatamorgana criada com esmero pelos demônios, para que a cada passo teu em direção da salvação, você se afaste dez, até se perder no fogo do inferno. Lembre-se ao caminhar em busca da felicidade, que a felicidade é como o horizonte. À medida que você se aproxima, ele se distancia mais e mais. Esta mobilidade nos permite dar continuidade à eterna busca da felicidade, evitando a embaraçosa situação de se chegar ao cimo, pois o próximo passo depois de se alcançar o topo da vida, é a ladeira de morro abaixo. Portanto, é importante que a cada horizonte alcançado, surja um novo por conquistar. Apesar de todo o dito sobre os horizontes da vida, onde dormem os ideais em berço esplêndido, eu quero lhe alertar. Quem avisa amigo é: cuide-se bem, pois não vale a pena sacrificar a vida por ideais "eternos".

Às vezes a gente descobre que já é demasiado tarde para se arrepender. O meu amigo Almir e tantos outros que o digam.

O máximo permitido nestes arroubos de ideais e paixões é a fossa acompanhada de uma dor de cotovelo. De preferência regada por majestosa bebedeira e curtição. A ressaca pode ser curtida com um amor de aluguel numa cama redonda do motel Love Star, ou com a mulher amada, numa rede pendurada entre dois caibros na varanda de um casebre à beira-mar. Ao contrário da rede, a mulher amada você não precisa pendurar, pois mulher amarrada não faz cafuné, nem prepara café.

Desde aqueles tempos não necessitei de sábios conselhos, pois sempre soube que brincadeira de herói tem limite. Nada de atitudes drásticas e irreversíveis. A intuição natural que minha carismática amiga Lurdinha chama de anjo da guarda, me dizia desde cedo que a vida madura era absolutamente necessária para podermos nos arrepender dos arroubos juvenis. Portanto, prezados leitores, nada de atos ultimativos que possam levar a tua namorada a ser consolada nos braços do teu melhor amigo. Afirmo com conhecimento de causa, que mulher de esquerda não tem vocação de virar monumento em memória de homem algum.

É você entrando na terra dos pés juntos, e ela abrindo as pernas para o primeiro candidato a herdeiro do companheiro morto em combate pelos nobres ideais. Sobre este tema, recomendo ler Fernando Gabeira. Se possível, vamos correr meias maratonas. Carregar a pedra de Sizifus até a metade do morro, encher meio tanque do carro familiar, pois o final está *maktub.*

VIVER E NÃO TER A VERGONHA DE SER FELIZ

É necessário ter uma massa crítica de vivência positiva para podermos dizer que a vida foi vivida sem nos envergonharmos de a termos vivido prazerosamente bem. Não se esqueça que você é quem é por um acaso. Existiam outros milhões de possibilidades do esperma vizinho ter te passado a perna naquela corrida louca pelo escuro canal da vagina da tua mãe.

"Aleluia." Lembre-se que nesta corrida não tem segundo lugar nem prêmio de consolação. Ou você vira gente ou desce pelo ralo do chuveiro com água, xixi e sabão.

Apesar de nunca ter ultrapassado o limiar contemplativo do materialismo dialético em capa dura de Caio Prado Junior, eu tinha profunda admiração por todos aqueles que saíram a lutar de verdade. Homens com H maiusculo. Batendo no peito como os legionários antes da batalha a saudar o imperador. "Cesar, os que vão morrer te saúdam."

Por estes tempos, as lagostas no mar e os ideais na terra começaram a escassear. Os idealistas se tornaram cada vez mais raros como o cabra macho, tamanduá-bandeira e outros bichos em perigo de extinção. A maioria dos meus amigos, com anel de colação de grau no dedo e aliança de casamento no bolso, começou a grande jornada da honrada luta pela sobrevivência.

O grande sonho era trocar o fusquinha pé-de-boi, por um Aerowillis personalizado.

O SONHO

Realidade, dura realidade! Quem pode suportar a realidade sem curtir uma ponta de ilusão?

Qual a campeã de ginástica de solo que na hora de dizer o sim frente ao altar da igreja, não selaria os lábios e a língua não se colaria no palatio sabendo que, depois do casamento, o marido irá mantê-la em permanente estado de gravidez? Seu pódium de honra daquele dia em diante seriam os ladrilhos em frente do tanque de lavar roupa. Por outro lado, imagine-se um homem cinquentão, com noiva novinha, estilo artista de televisão. A mais tesuda e sensual das mulheres, e ele com data marcada para uma operação de próstata ou um quisto na glande.

O homem necessita de um sonho. Um sonho que justifique o dizer do Martinho da Vila "que a vida vai melhorar". É isto aí! A vida está uma merda, porém vai melhorar.

As perspectivas de um futuro melhor nos permite aguentar a barra no presente, sem nos deixarmos envolver pelo niilismo bakuniano, ou buscarmos soluções metafísicas num centro espírita na Baixada Fluminense. Afinal de contas, quem de nós, quando menino, não sonhou ao ler um gibi de Tarzan o rei da floresta, que com um pouquinho de sorte poderíamos nos ver livres da vida burguesa e sufocante, vivida por todos nós?

Limite ambiental, cultural e moral. Você, eu e todos nós vivemos numa ilha cercada de leis e normas por todos os lados.

Dentro do limite de um quarto de três metros por quatro, e das infindáveis tarefas caseiras, que durante o ginasial foram rebatizadas com o nome implicativo de dever de casa.

Como se nós, pobres e indefesos alunos, estivéssemos numa eterna dívida para com os professores. Aproveito a ocasião para afirmar que os sonhos e as miragens são necessários para chegarmos a algum oásis real. Sem ele, nossa existência não teria rumo, como as baleias que perdem o senso de direção, e se lançam nas areias das praias em vez de ganhar o alto-mar. O sonho nos permite quebrar a dicotomia entre a realidade e a fantasia. Ou seja, fantasiar a realidade. Sem o sonho, a vida real seria em preto e branco, sem os mil fetiches coloridos que transformam nossas vidas em multicoloridas e multidimensionais. O sonho permite ao náufrago com água pelo pescoço acreditar que logo mais irá chegar o navio de resgate. Ao dono do bilhete de loteria que anda a pé, entrar na concessionária da BMW. E ao torcedor do Santa Cruz, tomar uma cerveja comemorativa por conta do pentacampeonato brasileiro de futebol, com o time na terceira divisão.

Podemos acrescentar as tarefas educativas, as chatices de fundo moral, como rezar antes de comer. Agradecendo com as mesmas palavras um filé Chateubriand com batatas fritas, ou um purê de espinafre com ovo frito. Tudo isso sem falar no costume cretino de viver se levantando dentro do lotação para dar lugar aos velhos, aleijados e mulheres grávidas, apesar de não estarmos envolvidos ou sermos culpados pelo estado dos mesmos. Nos meus sonhos infantis, o DC4 da Pan Air do Brasil voando entre o Recife e Rio de Janeiro, entrava mata adentro, e eu o único sobrevivente do desastre, era adotado por uma onça pintada. Em princípio pensei em ser adotado por uma loba, porém família de lobos já estão definitivamente identificados com Mogli, e os irmãos Rômulo e Remo. Por uma questão moralista, eu sempre tirei os meus parentes próximos deste voo fatal colocando-me sob os cuidados de uma vizinha que delicadamente havia se proposto a me levar até o aeroporto de destino. No Rio, seguramente estariam a me esperar todos aqueles parentes da capital.

YDISHE MAME

Não posso negar a existência de uma ponta de sarcasmo e de prazer ao imaginar os familiares sentados na sala de visitas, tomando café preto com "*kmishbroit*", a velar-me em corpo ausente.

A mãe debulhada em lágrimas, lamentando a perda do filho querido. Repetindo entre soluços mil, o sentimento de culpa de ter permitido a viagem fatal. Autoflagelação que só uma *ydishe mame* (mãe judia) sabe se submeter. Apesar de a passagem ter sido comprada pelo esposo, a decisão de tudo referente à família é previlégio exclusivo dela. Viagens vocacionais, compra de carros e imóveis, estudos acadêmicos ou loja de comércio. Sem falar no óbvio que é escolher a noiva para os filhos e a secretária do marido. As lágrimas eram derramadas sobre as memórias ainda tão reais. Choro silencioso e verdadeiro pelo fato absolutamente imperdoável de tantas vezes terem me privado de mundanos prazeres como represália pelas notas medianas trazidas para casa no final de cada mês.

Minha mãe nunca foi capaz de apreciar o meio copo cheio, pondo toda atenção na parte vazia. A meta por mim almejada era tirar 55. Nota suficiente para se passar de ano, mesmo que raspando a tangente. Apesar do boletim multicolor vir acompanhado de eruditas explicações, meus argumentos eram refutados com a mesma lengalenga de sempre.

A *mater* repetia a estória do menino pobre que vendia pirulito de dia, e estudava à luz do candeeiro à noite. De tanto repetir a história, creio que até ela acabou convencida da sua veracidade.

A conclusão era óbvia.

Eu não passava de um privilegiado, vagabundo e ingrato quando vivo. Porém, como todo morto, adquiri méritos e qualidades, que haviam passado desapercebidas até então. Méritos que agora serviam como pretexto para se chorar o filho desaparecido.

SOMBRA E ÁGUA FRESCA

Como todo homem maduro, estou temeroso da inevitável decadência que a partir dos cinquenta passa do ritmo de trote pra galope. Adoro, no entanto, me banhar em águas do passado. Arrotando vantagem frente aos jovens, com aquele orgulho besta, e o brilho nos olhos dos veteranos, que se creem espertos e sutis devido à experiência adquirida durante a vida.

Com pouco mais de meio século de vivência, fui testemunho passivo de revoluções militares e científicas a granel. Guerras de libertação ou de opressão, pois a mesma guerra sempre pode ser vista sob diferentes perspectivas. Youri Gagarin conquistou o espaço sideral, invadindo uma área até então reservada às criaturas divinas e aos respectivos representantes de Deus na Terra. Christian Barnard colocou coração de negro em homem branco, e apesar do *apartheid* lembro-me que o coração funcionou.

Os alemães construíram, e os alemães derrubaram o muro de Berlim. Os americanos construíram, e os muçulmanos derrubaram o *World Trade Center*.

Judeus e palestinos firmaram acordos de paz, voltando a brigar antes de a tinta secar. Neste meio tempo eu engordei trinta quilos. Dilapidei numa fundição de ouro e prata o dinheiro que havia ganho em uma galeria de antiguidades, e o que não havia ganho também. Fiz quatro filhos com a legítima, e talvez algum outro por aí. A lista dos eventos de primeira grandeza é longa e carregada, portanto resolvi, por um acaso, citar estes poucos fatos espalhados pela segunda metade do século passado, só para exemplificar. Apesar de vir no final da lista, o mais importante evento da minha vida foi o pentacampeonato mundial de futebol.

Por cinco vezes fui campeão mundial de futebol sem correr atrás da bola. Dos oito aos cinquenta e dois anos, ganhei a copa do mundo cinco vezes. "Brasil, Brasil, todos cantam pelas ruas. Brasil, Brasil, a copa do mundo é tua...". Na copa de 58, eu comemorei com a molecada na rua andando de bicicleta e tomando Coca-Cola. Na copa de 2002, aderi rum à Coca-Cola bem acompanhado dos amigos brasileiros em um boteco com telão no porto de Tel-Aviv.

Porém, nada me causa tanto prazer e saudade como poder me gabar de ser *de la belle époque* em que o Rio de Janeiro era distrito federal e capital da República. Foi por aqueles tempos que Walt Disney de visita ao Rio criou o personagem malandro do Zé Carioca. O Pão de Açúcar, para os brasileiros, ainda era atração turística, e não grife de supermercado. A garota de Ipanema andava com um biquini que cobria quarenta por cento da bunda no ritmo da Bossa Nova, antes de inventarem o incomodativo fio dental e a incomodativa música eletrônica. Musiquinha sem graça, monótona e repetitiva como o suplício de Tântalo.

O Copacabana Palace não era só um hotel cinco estrelas.

O “Copa” era uma instituição nacional. Como o Panteão de Paris, onde se guardam os restos mortais dos imortais.

No famoso hotel ficavam hospedados os imortais vivos.

Celebrities de verdade, com foto em capa de revista, que vinham curtir o carnaval carioca. Segundo Ibraim Sued, o sumo sacerdote das colunas sociais na década de sessenta, todas as artistas que se hospedavam no hotel passavam pelo crivo do Jorge Ginle, cotado por ele como *playboy* internacional. Orgulho e inveja de toda uma geração, que sonhava em sair pelo menos uma vez na vida com uma artista de cinema e não de cabaré.

Dou ênfase nestes fatos com o mesmo orgulho que minha mega vivente tia-avó repetia em toda ocasião que se houvesse alguém disposto a escutá-la, que seria ela da época do império.

TIA ROSITA

Apesar de ter o marechal Deodoro da Fonseca abolido o império, proclamando a República um pouco antes da minha velha tia completar quatro anos de idade, ela vivia as glórias do passado. Como muitas outras mulheres da sua geração, tia Rosita vivia o cotidiano das matronas ociosas e saudosistas. Mulheres com tempo livre para sonhar, e falta de dinheiro para concretizar os sonhos.

Não há dúvida que a falta de sapos encantados, e príncipes de carne e osso, criam um hiato emocional no coração de toda donzela pobre. Junto com o bingo e a telenovela, o príncipe encantado permite a todas as mulheres medianas continuarem a fuçar na mediocridade da vida, curtindo o sonho de um dia gritarem bingo antes dos outros, ou casar com um príncipe de verdade.

É desnecessário salientar que tia Rosita nunca ganhou nada de graça na vida. Nem rifa de rua, nem dezena no jogo do bicho, ou carro sorteado em programa de televisão. Quanto ao casamento, a tia com aspirações de cinderela em vez de príncipe com terras e palácios, arranjou um imigrante pé-rapado como ela. Os dois viveram a tranquilidade das famílias estéreis. Com o marido a ganhar a vida vendendo lençóis à prestação pelo interior do Estado, e ela à sua espera fazendo crochê. Como tantas outras filhas de imigrantes pobres recém-chegados da Europa, a tia casou-se aos quinze anos com um potencial comerciante, vinte anos mais velho que ela. Inocente em assuntos de sexo, como minha filha Roni no jardim da infância. Casamento sem namoro, nem opções. Tudo arranjado de cabo a rabo pela família ansiosa em diminuir o número de bocas por alimentar.

Enquanto outras meninas nesta idade debutavam arrastando os pés nos clubes sociais, ela foi direto dançar o xaxado da valsa nupcial.

Isto era pelo menos o que eu e todos os outros membros da família imaginávamos ter acontecido. Somente setenta anos mais tarde, quando estava meio cega começou a enxergar longe. Lúcida e esperta como um jogador de tênis, ela resolveu, sem nenhuma razão especial, contar fatos até então desconhecidos da família, ou talvez guardados no maior segredo. Foi muita sorte minha, escutar a macrobiótica tia em primeira mão, pois uma história contada pela boca de terceiros sempre perde um pouco da credibilidade e dos detalhes também. Como se fosse uma monja vestida com seu hábito monástico, tia Rosita sempre usava vestidos brancos com umas bolas pretas, ou vestidos pretos com bolas brancas. Símbolo do luto guardado há mais de uma década em memória do defunto marido. Ela sentou na cadeira de balanço feita de vime na varanda lateral, como era de costume a partir das cinco da tarde. O costume na verdade, era sentar com algumas vizinhas presentes pra falar das vizinhas ausentes. Por razões desconhecidas, naquele dia nenhuma vizinha estava presente pra testemunhar a confissão da tia de quem herdei o prognatismo facial e o amor pelo *guefiltefish*.

A CONFISSÃO

Somente ela e eu.

Por uma questão de hierarquia ela sentou na cadeira de balanço, enquanto pra mim bastava o tamborete. Desde o dia em que enviuvou, a tia havia se transferido de cama e mesa para casa da irmã, que já há muito tempo fazia parte da confraria das viúvas. Viúvas viciadas no chá com biscoito às cinco da tarde. Ela sentava no terraço como um maestro a dirigir a orquestra, enquanto minha avó apesar de ser a dona da casa, tocava címbalo e contrabaixo, bem escondida nos bastidores. Para minha total surpresa o assunto levantado pela tia era sexo, ou melhor, a falta do mesmo. A megavivente estava a contar sobre a noite de núpcias nas suas intimidades e pormenores. A velha tia não perdia chance de tachar o sexo como coisa nojenta de se fazer, e ainda mais de se falar.

Portanto, não é pra me gabar não, porém creio ser o único membro da família a quem a querida tia deu a colher de chá de falar sobre assunto tão íntimo. Ela falava franzindo as rugas em torno da boca. Fazendo uma cara de náusea, pra deixar bem claro o grau de repugnância que sentia por tudo que lembrasse o cheiro de amor. Apesar de sexo ser tabu para ela e outras pudicas mulheres da família, sempre que eu girava pelas redondezas o assunto despontava. A velha tia com o dedo em riste ameaçava numa mistura de *ydish* com português, o sobrinho que estava a desperdiçar prazerosamente a sua limitada virilidade.

Ou seja, eu estava me gastando à toa com aquele bando de vagabundas, em vez de me resguardar para o futuro usofruto da legítima esposa. Segundo ela, esta vadiação e sem-vergonhice não iriam durar muito. Algum dia, ela punha fé, brotaria na minha boca o dente do ciso, e com ele talvez viesse um pouco de tino, ou do céu cairia fogo calcinando o depravado sobrinho-neto como aconteceu em Sodoma e Gomorra.

LUXÚRIAS

As principais vítimas da tia Rosita eram as pobres empregadas domésticas. Criaturas de comportamento estranho, segundo ela. Mulheres dispostas a transar sem nenhuma perspectiva matrimonial futura, ou retribuição material imediata.

A tia, com ar de abominação chegava a aventar a possibilidade que elas faziam estas coisas por mero prazer. Fato que dentro do seu pensar era simplesmente inadmissível. É claro que no caso de as empregadas serem negras ou mulatas, o comportamento promíscuo recebia um certo grau de complacência. Afinal de contas, a expectativa de pudicidade é maior para com as mulheres brancas, que devem se comportar de forma recatada. Libertinagem sexual, luxúrias pecaminosas, depravação sodômica era como definia o comportamento das domésticas uma outra familiar que nunca curtiu o prazer de uma transinha sem cricris nem compromissos. Transa cem por cento neto. Sem ter nada além do simples prazer de fazer amor por se fazer, no estilo do "vapt vupt".

De uma certa forma, a velha tia justificava o insaciável interesse dos homens sempre dispostos ao coito, sem necessidade de sinais fisiológicos ou emocionais. Porém, mulher gostando destas coisas era, sem dúvida, pouca vergonha. A falta de interesse por sexo em geral, e a dois em particular, era, no entanto, compensada por um potencial culinário fabuloso, onde se mesclavam comidas típicas do Brasil, com um sem fim de massas recheadas de origem européia. Nunca me passou desapercebido desde aqueles tempos, o fato de a velha tia passar horas a fio segurando com uma mão e alisando com a outra, o rolo de abrir massa.

Apesar de não ser psicólogo, creio que o rolo servia de sublimação na falta de uma rola verdadeira.

A NOITE DE NÚPCIAS

Perguntei por perguntar, como havia sido a noite de núpcias.

Apesar de esperar uma saída pela tangente, pois este não é papo a ser curtido, entre sobrinho-neto e tia-avó, fiquei surpreso com a voracidade e vontade de relatar, nos mínimos detalhes, o ocorrido na noite do casamento. Ela avançou sobre a dica lançada por mim, como se há muito ela estivesse à espera desta pergunta. Pela pausa exagerada, como a medir as palavras previamente preparadas, senti aquela sensação intuitiva que me dizia ser toda concentração pouca. Eu deveria prestar muita atenção na conversa, pois lá vinha história interessante. Apesar de nunca gesticular quando falava, desta vez a tia usou os braços e pernas pra dar ênfase a cada ponto da história, repetindo a última palavra como que temerosa de não estar sendo devidamente entendida.

Depois de um lacônico prefácio sobre sua vida pré-matrimonial, ela abriu o jogo dizendo que na noite de núpcias, ao contrário das expectativas, não havia passado absolutamente nada. Nada. *Gurnisht mit gurnisht.* De repente, caiu sobre nós um silêncio tenso como uma cortina de teatro, onde tanto os atores como a plateia sabem da existência recíproca, apesar de não se verem uns aos outros. Como assim? Perguntei meio pasmo e temeroso que de repente ela pusesse um fim naquele papo do crioulo doido. Exatamente o que você acaba de escutar, me respondeu a megavivente. Na noite de núpcias eu não me entreguei pra ele não, falou a tia com uma ponta de orgulho. Acrescentando alguns detalhes menores mas que julgava serem de suma importância para o entendimento do drama vivido na noite nupcial.

O ele (terceira pessoa do singular) a quem ela se referia, não era outro senão o legítimo marido, com quem havia casado segundo os mandamentos de Deus e dos homens.

Na verdade, a adolescente que mal completara quinze anos, sentiu bambeira nas pernas quando se deparou com o marido nu e tesudo. Pronto para comer o que julgava ser seu por direito.

Foi um dá não dou, até ela embalar na carreira.

A menina-moça desabou ladeira arriba de volta pra casa dos pais. Pois brincar de médico e papai-mamãe com as amiguinhas é bem diferente de jogar o jogo verdadeiro com homem adulto.

Os pais temerosos de se verem encalhados com uma filha solteira, e marcada com o estigma de moça que fugiu do leito nupcial, usam todos os argumentos possíveis e imagináveis para convencê-la a voltar para o marido, morto de vergonha. Todo este testemunho ela contou sem parar nem uma só vez pra pegar fôlego, ou tomar um gole de chá. Como se temesse esquecer algum detalhe sobre o ocorrido na noite da *hupa*.

Perguntei, para dar continuidade ao relato inesperado, se tinha realmente passado a noite nupcial em toda sua plena virgindade, ou se o desejo batera no último instante. Desejo que morde o coração e oblitera o cérebro. Quem sabe, eu tentei imaginar se depois de umas prévias amorosas com uns chupões nos peitos e um dedilhar pela boquinha da xana ela não havia afrouxado?

Apropo de xana. Minha erudita mãe faz questão de chamá-la de lábios inferiores. Minha querida amiga Ana Maria afirma que a mesma afora das funções fisiológicas cotidianas, é capaz de assoviar e até mesmo bater palmas.

A tia achou minha pergunta desnecessária e provocativa.

Ela respondeu alterando a voz, ofendida até o fundo da alma pela dúvida posta na sua integridade física e moral. Afinal de contas, ela não era mulher de dar fácil pra ninguém, mesmo que este "ninguém" fosse o legítimo esposo.

O noivo inconformado com a vergonha de ver o ato não consumado, tomou uma dose de veneno de rato, terminando a noite de núpcias no hospital Hagamenon Magalhães com uma sonda no reto, a lavar o intestino, estômago e alma.

A velha tia acrescentou com ar de filantropa, que só depois de o marido sair do hospital resolveu voltar ao lar marital, porém com certas limitações.

Nada de sarrinhos sem vergonhas ou posições escandalosas. Papai-mamãe e olhe lá.

O PECADO E A MONARQUIA

Afora das teorias sobre sexo, tia Rosita tinha um posicionamento sociopolítico bem elaborado. Creio que com o tempo ela se autoconvenceu que a razão primária de todos os vícios e roubalheiras que assolavam a nação, eram inerentes à mudança de regime.

Segundo a sábia parente, todos os males derivavam do pecado original. Não o pecado de Adão e Eva com o fruto da sabedoria. Mas o pecado no seu caráter mundano de rebeldia contra a ordem constituída.

A abolição do império se tornou desde então para a distinta senhora a mãe de todos os males e mazelas que assolam a nação. Segundo a digna matrona, que se distinguia pelos dons culinários e originalidade analítica da vida, o imperador e os aristocratas em sua corte já nasceram ricos. Dinheiro para eles sempre foi e será algo natural como água de coco. Claro como o dia, e palpável como as ancas da Dalva que fazia ponto na boate Chão de Estrelas lá pelas bandas de Boa Viagem. Ao contrário dos políticos plebeus, o nobre já é doutor de berço. Senadores, prefeitos e deputados são ricos no palavrear. Porém mais lisos de grana que muçum na beira do mangue. Todos eles conscientes do limitado tempo de uma cadência, para encher os bolsos da casaca, e esvaziar o tesouro nacional. Imagine-se o *gap* entre quem nasce anônimo, e quem já nasce com título de nobreza. Preste atenção na diferença entre Maria das Pombas, e A Marquesa Dona Maria do Pombal. Coloquei o título de marquesa que é dos mais baixos na hierarquia aristocrática, pois baronesa, condessa e princesa, nem há necessidade de acrescentar o dona e o "A" maiúsculo pra impôr respeito. Tia Rosita sempre jogou na ponta direita do clube das certinhas, abominando a desordem social. Segundo ela, cada um tem o seu destino marcado. Alguns nascem com a bunda pra lua. Outros nascem com a cara para o sol e desde cedo se veem segurando um pau que na outra ponta tem uma enxada, ou uma vassoura. Os que já nascem segurando a enxada ou a vassoura não terão muitas chances de meditar e analisar os problemas da vida, de tão ocupados que estarão com o próprio ato de existir. Os que nasceram com a bunda pra lua, buscam o seu lugar metafísico abaixo do sol, pois o lugar concreto já está garantido e bem situado.

Se o sortudo está confuso e indeciso não há problema, é só buscar uma varanda com muita sombra e água fresca.

O BAR MITZVA

Como filho de fervoroso torcedor do Esporte com residência no bairro da Madalena, o meu destino desde o primeiro choro estava selado. Indelevelmente lacrado, com muito poucas nuances ou opções.

Podia optar entre ser médico ou engenheiro. O corte de cabelo, e o estilo da cueca com ou sem botão.

Quanto aos demais aspectos triviais da vida, tudo já estava *maktub*. Os aniversários eram comemorados em família com fartura de empadinhas, sanduíches triangulares usando pão de forma, doces com mais decoração que recheio, e um bolo nunca aberto. Três dias mais tarde o mesmo bolo com algumas velas a mais iria estrelar na festa da minha prima Geni.

Por falta de espaço na geladeira, os meninos tomavam guaraná Fratelli Vitta quente, que era chamado de natural para torná-lo mais tragável, enquanto a bebida gelada era reservada para os adultos. Aos treze anos, depois de seis meses de estudos bíblicos intensivos sob os auspícios do grande mestre Sadigursky, eu enfrentaria, vestido de paletó e gravata, a minha classe escolar e alguns amigos da família. Os colegas de classe me presenteariam uma dezena de canetas tinteiros que eles haviam recebido anteriormente na comemoração dos seus respectivos *Bar Mitzvas*. Alguns dos presentes vieram com as dedicatórias anteriores, permitindo ao aniversariante acompanhar o trajeto da caneta nos últimos cinco anos. A propósito do renomado mestre bíblico Sadigursky. Dizem que antes de cair no pileque ele era um violinista virtuoso. Um potencial Yasha Heyfez transformado pelos trancos e barrancos da vida em personagem grotesco, como que tirado de um filme de Hitchcok.

A CERIMÔNIA

Pouco depois de completar quinze anos, seria quase natural que eu, de terno preto e gravata cinza, fosse iniciado como obreiro na loja maçônica Cavaleiros do Oriente no bairro de São José.

Para comemorar o evento, nada mais apropriado que uma homérica macarronada como só em acampamento de escoteiros e nas lojas maçônicas eles sabem preparar. O jantar seria servido por médicos, usineiros e advogados, vestidos com aventais bordados em distintas cores, para diferenciar os obreiros dos mestres, criando um ambiente festivo na austera loja maçônica. Quatro membros cingindo espadas na cintura, escrutinariam com olhos de águias as portas e janelas do templo, guardando o baluarte maçônico dos inimigos virtuais. Todos os presentes na cerimônia de iniciação com a atenção voltada para o jovem candidato a maçon prostrado dentro de um confim.

Aconselho a quem tiver taras mórbidas, se abster a este tipo de evento. Entre os veteranos da loja maçônica citada, corre a história sobre o filho de um grão-mestre meio tarado, que ao se deitar no caixão de defunto entrou em estado de ereção, impossibilitando o fechamentro do mesmo como manda o protocolo.

Na verdade, ninguém testemunhou este fato, apesar de ser tido como verídico nos bastidores da secreta organização, que, segundo os entendidos, data dos tempos do rei Salomão.

Depois de concluir o curso científico usando o mínimo esforço necessário, de gravata preta e paletó cinza, eu dançaria uma valsa com minha orgulhosa mãe. Apesar dos pesares, contrariando todas as expectativas, eu havia terminado o secundário e estava pronto para entrar na faculdade seguindo a lei física da inércia.

Depois de formado, eu ganharia um emprego público concursado, o qual diariamente assinaria o ponto, e um outro onde ganharia a vida. Eu cito todas estas perspectivas futuras com um talvez, porque uma dúvida sempre paira sobre o prognóstico da vida futura. O mesmo eu não posso dizer do mais básico e fundamental que existe no ser filho de um torcedor do Esporte.

Sobre este ponto não havia dúvidas ou pontos de interrogação.

Com a mesma segurança que meu pai colocava um x junto ao M de masculino em todo documento, assim estava o seu filho primogênito marcado como rubro negro. Seguiria os passos do meu progenitor, e estaria destinado a ser torcedor do Esporte até a morte. É importante salientar que estou a relatar eventos e fatos do passado distante. Nos tempos em que time de futebol e sexo não se trocava. Mesmo que o time amado fosse pra segunda divisão, ou o pau broxasse.

Entre outros privilégios, eu herdaria o terreno no Janga, e a cadeira cativa comprada a prestações pelo meu pai quando da construção do estádio da ilha do Retiro.

Cadeira com nome próprio completo antecedido pelo título acadêmico de doutor. Prova de amor e fidelidade ao clube rubro negro. Porém, como está escrito em algum livro de provérbios, “os planos dos homens provocam o riso dos deuses”.

DELÍCIA DE ABACAXI

Dizem alguns entendidos no assunto, que o destino dos mortais já está escrito no dia em que ele nasce. Outros não menos entendidos dizem que a cada ano o honesto cidadão se submete a um renovado julgamento. Uns passam, outros não, pelo crivo do administrador geral do universo. Os judeus que são mais precisos nos assuntos metafísicos, determinam um dia específico em que tudo é decidido.

Quem para a vida, e quem para a morte. Seja de uma forma ou de outra, já passei mais de meia centena de crivos, sem que nas esferas superiores alguém decida tomar uma decisão drástica.

Ou seja, pôr fim a esta vida que afirma já ter vivido todas as vivências. Eu estou a bisar, o que os outros nem começaram a provar. Tenho orgulho em afirmar que já faz muitos anos que estou a comer a sobremesa no banquete da vida. Delícia de abacaxi preparada com esmero pela encantadora Luci, enquanto a maior parte dos viventes, ainda está sentada no restaurante do cotidiano a espera do *couvert*.

É claro que eu vivo uma vida pacata, e não importuno ninguém em especial. Apesar desta passividade, sinto-me culpado, pelo menos de forma indireta, pela má nutrição das crianças em Biafra. Enquanto elas passam fome, eu traço três lautas refeições.

Depois de me empanturrar, vou correr em cima de uma esteira tentando queimar as calorias desnecessárias, que foram deglutidas horas antes sem me dar conta. Pecado mortal, o da gula. Pior que mortal. Ele quando não mata, engorda.

Apesar destas dúvidas existenciais queimarem meu esôfago e danarem a minha alma, eu creio na existência de uma força superior. Um motor que dirige a vida, pois é perigoso deixar tudo a cargo do acaso. Na minha vida tudo deveria ter corrido segundo os prognósticos, sem grandes desvios nem para pior nem para melhor.

A predestinação limitada, na acepção da palavra.

Ponho o "limitada" para me permitir um pouco de liberdade, e assumir a responsabilidade de alguns prazeres da vida, que me recuso a admitir serem parte dos planos celestiais.

Todos os detalhes devidamente esquadrinhados com o maior esmero. Porém, o destino vocês sabem como é? Num momento de descuido, um golpe mortal. Não da parte de um anjo do Senhor, nem pelas rodas de uma lotação, mas pelas mãos de Laura.

Mãos é a forma discreta de se descrever o ocorrido, pois Laura não é o tipo de mulher que se possa falar dela em porções, e sim como um todo holista indivisível.

Com sete anos de idade existem limitações, se não morais, pelo menos fisiológicas. Portanto, limitarei o descrito nestas memórias às mãos de Laura. Mãos que me afagaram dentro do sagrado baluarte familiar. Creio não existir lugar mais próprio pra este tipo de coisas que a casa dos avós. Lugar ideal de se buscar refúgio depois de brigar com os pais, ou ficar de recuperação em inglês e matemática. Os avós são complacentes e inocentes. Às vezes tenho uma séria dúvida se algum dia eles foram pais, ou se já nasceram avós. Os fatos descritos ocorreram, não precisamente na casa propriamente dita, porém por trás da residência familiar.

No quarto dos fundos, enquanto os familiares tomavam chá e jogavam cartas na sala de visitas, eu jogava os primeiros joguetes de amor com Laura, bem embaixo do nariz da distinta, cuidadosa, pacata e recatada família. Se você está surpreso com a desconexão do assunto, vou provar logo mais por A mais B, o elo entre torcer por um clube e amar uma mulher. Em ambos os casos, existem os elementos necessários para W. C. escrever um enredo de telenovela. Afinal, tudo na vida não passa de um jogo com paixões e ódios, fidelidades e traições, temperados no molho do "faz- de-conta".

LAURA

Laura, a empregada encarregada de cozinhar, arrumar, lavar os pratos, e passar a ferro as camisas de linho branco do meu avô, foi a primeira mulher da minha vida.

É claro que estou excluindo desta lista a minha progenitora por motivos óbvios. Laura foi a primeira mulher que entrou na minha vida, pois a mãe é o alfa do "alfa ômega" que já existe antes de você existir. Não incluo as professoras do jardim de infância, nem da escola primária, na lista de mulheres de alguma importância na minha vida, já que todas elas passaram como objetos voadores não identificados, sem deixar nenhuma marca ou recordação.

Não me lembro nem do nome nem da cara das eméritas educadoras, e muito menos da matéria didática que elas tentaram transmitir. Laura, no entanto, entrou na minha vida pela lateral, sem alardes nem trompetas. Entrou como quem abre a porta de um carro de praça, desabotoando habilmente o botão da braguilha de minha calça curta com uma mão, enquanto a outra abria o sutiã.

A mesma mão habilidosa no preparo da galinha guisada, se revelou exímia especialista na punheta infantil.

O QUARTO

O quarto das empregadas estava situado no quintal, atrás do terraço dos fundos. Bem debaixo de uma frondosa mangueira do tipo espada que pode ser comida depois de descascada, ou chupada com casca e tudo. Quarto singelo mas acolhedor, como diria o poeta. Até hoje quase meio século depois, me lembro dele nos mínimos detalhes. A cama de solteiro com colchão de capim. O armário meio desbotado com umas flores pintadas a mão, dava ao ambiente um ar de austeridade puritana, como uma láurea bizantina no deserto da Judéia.

O tamborete pesado no canto do quarto não era usado para sentar, e sim para servir de escora da porta sem maçaneta nem chave.

Dois caixotes com um espelho bisotado em cima completavam a mobília do que na casa do patrão francófilo é chamado de *chambre á couche*. As paredes sempre caiadas de branco, deixavam bem claro o contorno da pequena janela meio fechada, por onde escorria um tímido facho de luz. O cômodo servia como palco, e cenário ideal para a leitura das fotonovelas, num *barter* amoroso no qual meia palavra era mais que suficiente.

Apesar de dislético, eu lia com fluência para um aluno da segunda série primária. Acentuava bem os pontos de interrogação, as vírgulas e pontos de exclamação. Teatralizando o mais possível a xaropada dos foto-romances, enquanto os dedos pintados de carmim me carinhavam. Vez por outra, Laura dava uma cuspida na palma da mão e pedia pra eu repetir o último quadrinho da foto novela. Pedido sempre atendido na maior prontidão.

Foi neste esfrega esfrega no quarto do quintal, que pela primeira vez me dei conta da cobrinha tricolor na bandeira do Santa Cruz.

A flâmula estava pendurada junto a um São Jorge com armadura medieval, e um dragão cuspindo fogo. Amor à primeira vista. Como nas estórias dos foto-romances, antes de as novelas engolirem todos os sonhos.

Ninguém, no entanto, deveria saber do nosso segredo, sussurrou Laura no meu ouvido. Absolutamente ninguém na casa da minha avó deveria desconfiar da existência de uma quinta coluna a solapar os sólidos alicerces do meu coração rubro-negro.

Laura era tricolor de corpo e alma.

Se a alma não é visível nem palpável, o mesmo não se pode dizer do corpo negro, os lábios vermelhos e os dentes que haviam sobrado, alvos como o luar.

Tudo visível e tocável.

SANTA CRUZ

Como era de praxe todos os domingos, depois do lauto almoço com galinha assada, salada, maionese e farofa de ovo, eu vestia a camisa rubro-negra com o leão amarelo em cima do peito. Meu progenitor, por alguma razão desconhecida, sempre foi chegado às tradições, fardas e hinos. Seja de time de futebol, escola secundária, ou da marinha de guerra, onde serviu como escoteiro do mar. Ele sempre acreditou ser a educação tradicional necessária para o futuro bom comportamento da prole. ORDEM E PROGRESSO, era ou não era o lema nacional?

Para meu pai este lema era pessoal, como se houvesse sido escrito e dito só para ele. A vida familiar que parecia correr sobre águas mansas, foi abalada naquele domingo ensolarado em que o Esporte enfrentou o Santa na ilha do Retiro. Tudo anda na santa paz de Deus. Este era o formato imbatível usado pela minha avó paterna, para definir a estabilidade do clã. Daquele dia em diante tudo passou a ser diferente.

A bem da verdade nem tudo. Diga-se de passagem, que o apetite com que eu transei o almoço apesar de jovem era o mesmo.

A conversa dos adultos sobre política e dinheiro também.

Mas de resto, nada voltaria a ser como fora até então. Rei morto, rei posto. E viva o rei.

No dia anterior à grande final da copa pernambucana de futebol, quando seria decidido o campeão, Laura, com muita pompa e solenidade, pôs minha mão sobre a flâmula tricolor, cantando o hino do Santa Cruz com paixão e fervor, como se estivera a jurar fidelidade à pátria amada, ou alguma seita secreta num castelo medieval.

> "Eu so du Santa Cruz de corpo e alma...
> Sai, sai timbu, deixa de prosa cum seu
> lião. Pois a cobrinha quando entra no
> gramado, eu fico todo arrupiado
> cheiu de sastifação".

Prometi e jurei solenemente que seria fiel ao novo time, e guardaria segredo do que se passava entre as quatro paredes do pequeno quarto no fundo do quintal. Jura solenemente guardada como uma confissão sacramental por quase meio século. Ninguém jamais soube do nosso romance, e muito menos da razão que levou um filho de rubro-negro a se tornar tricolor.

Somente com o raiar do terceiro milênio me sinto desobrigado da promessa feita então. Decidi relatar por escrito as memórias dos fatos ocorridos no quarto dos fundos, pois a jura jurada era de não contar nada. Usando o maneirismo dos advogados, creio que as memórias escritas não estão incluídas no acordo. Se alguma outra interpretação jurídica achar o contrário, espero com a ajuda da emérita doutora Iracilda usar o fato de estar a escrever e não a contar o segredo, como elemento atenuante.

Mesmo porque já se passaram tantos anos, é necessário explicar a grande metamorfose que tomou conta de mim, já que trocar de time não é simples como trocar de dentista, ou de mulher.

A passagem do rubro-negro para o tricolor é traumática. Como mudar de país, profissão, sexo ou religião. Portanto, sinto-me na obrigação de explicar os fatos. Justificar a troca é quase impossível. Pela primeira vez na vida recusei a pôr a camisa rubro-negra como era de costume todos os domingos em que o Esporte jogava.

A sorte estava lançada.

Queira ou não, eu estava definitivamente comprometido com a cobra coral. Sentia arder dentro de mim um fogo estranho de orgulho e paixão. Compromisso total, absoluto e ultimativo com a equipe tricolor.

Esta é a única paixão a quem na verdade mantive fidelidade eterna. Mesmo quando em terras distantes, tendo o oceano a me separar do estádio José do Rego Maciel no Arruda, juro que nunca flertei ou amei outro time.

CACHORRO-QUENTE

Como ação corretiva e disciplinar por me recusar a vestir a camisa do esporte, meu pai em princípio queria deixar-me em casa. Atos de insubordinação e ousadia como estes, não poderiam passar sem uma devida punição. Só depois da intervenção materna, que sempre foi dona da última palavra, ele aquiesceu em me levar ao jogo.

Jogo sim, mas sem cachorro-quente. Cachorro-quente não, ele falou com uma ponta de prazer e vingança pela minha incomensurável ousadia. Falou, fazendo de conta que não via o olhar comprido de menino pobre flertando o tabuleiro do "hoti-dogui" em frente da bilheteria. O velho sabia da minha fraqueza pelo cachorro-quente da Ilha do Retiro. O tão apetitoso requinte culinário, apelidado pelos inveterados apreciadores como "comeu morreu", usava carnes de duvidosa procedência. Tudo mastigável servia de ingrediente secreto no preparo do delicioso quitute.

Os micróbios eram envenenados pela pimenta malagueta, cominho e outros temperos fortes usados para obliterar o cheiro e o gosto da carne bovina, suína, equina, canina etc., usados no preparo do sanduba. Como salientei anteriormente, uma delícia.

Apesar da duvidosa procedência das carnes, jamais alguém teve uma dor de barriga ou diarréia, como ocorre vez por outra depois de um jantar em hotel de cinco estrelas ou restaurante de primeira.

O dito cujo vinha acompanhado de uma bebida alaranjada que atendia pelo nome de Crush. Para o bem geral da nação, acho que esta bebida ruim desapareceu definitivamente do mercado.

Ele (meu pai) estava decidido a não financiar os prazeres de um "Kisling" guloso, que tinha virado a casaca.

Imagino que se a troca de time fosse para o Náutico, a mudança seria menos dolorosa. Haviam outros familiares aficcionados ao timbu dos Aflitos. Porém, filho de torcedor do Esporte, desertando para o Santa Cruz, isso já era demais.

Para atenuar o trauma, pois pai não é padrasto, enquanto esperávamos na fila de entrada reservada aos sócios-proprietários para a compra dos ingressos, meu pai aquiesceu em comprar uma laranja lima descascada no torno.

Laranja, sim.

Cachorro-quente, definitivamente, não.

Ser tricolor no bairro da Madalena era um ato de rebeldia juvenil, pois naqueles tempos ninguém fazia tatuagem na bunda, nem metia um piercing na língua. Toda esta rebeldia deveria desaparecer junto com as espinhas da puberdade. Tese verdadeira para os outros, porém não para mim. Quero afirmar que torcer pelo Santa sempre foi no meu entender algo mais que futebol. Ser do Santa Cruz era amar o cheirinho do povo e o da Laura também.

MAU-OLHADO

Só existe uma doença mais chata e vergonhosa que conjuntivite, frieira braba e remela: olho gordo.

Vulgarmente conhecida no Recife como espinhela caída ou mau-olhado. Doença que ataca sem distinção a pobres e ricos, velhos e jovens, brancos e negros, apesar de existir uma predileção inexplicável por menino branco cevado.

Usei o termo vulgarmente conhecido, por não ser do meu conhecimento a existência de um termo científico em latim, pra definir esta mazela. Mais difundida que coqueluche, e mais contagiosa que gonorréia. Doença problemática, pela própria dificuldade em defini-la. Afinal de contas, não é todo dia que vamos encontrar um profissional liberal que num arroubo de sinceridade reconheça que o caso está além dos livros acadêmicos e da medicina convencional. Alguém pode imaginar o meu douto amigo Juan del Pintio Santo aconselhando que a mãe, preocupada, leve o filho com urgência a um terreiro de macumba. Ou melhor ainda, o emérito acadêmico receitando uma bênção de mãe de santo, figa talhada em madeira de lei ou uma fitinha de nosso Senhor do Bonfim, para o menino doente? Claro que não.

Nenhum doutor irá, de boa vontade, abrir mão da prerrogativa de mais uma rodada no tomógrafo. Ou receitar um sofisticado coquetel de pílulas coloridas. Contanto que não tenha que confessar a impotência científica da medicina convencional e alternativa. O problema é que já há muitas décadas nós estamos mais além do período da fé. *The age of believe* há muito ficou pra trás. Todos buscam nos laboratórios de análises respostas científicas, desdenhando os comprovados elementos sobrenaturais da existência humana. Bicho papão, alma cabeluda, lobisomem, capeta, e mais que tudo, o mau olhado. Seguro que o problema do mau-olhado é a falta de reconhecimento por parte das instituições médicas. Jamais nenhuma instituição internacional de saúde pública, apresentou estatística sobre o número de vítimas do mau olhado em nível local, nacional ou mundial.

Fato inexplicável, já que todos os dias nós recebemos no Jornal Nacional o boletim médico sobre o desenvolvimento da SARS na China, onde até agora o número de enfermos ainda está a jogar no milhar. Não somente na práxis do dia-a-dia, como até em teoria é difícil imaginar uma possível cooperação entre a ciência convencional e os segredos do além.

Até aqui tratei do mau-olhado que pega em gente. Mas quero deixar bem claro que mau-olhado não pega somente em gente como também em bicho, e até pé de arvore não está imune.

O primeiro exemplo que me vem à cabeça é o pé de chorão que derramava viço e saúde no jardim da travessa do Jasmim, bem em frente ao Jet clube. Árvore frondosa que secou da noite pro dia como se fosse um umbuzeiro no meio da caatinga depois de sete anos de estiagem. Morte súbita e estranha esta do chorão. Ao contrário de gente e passarinho, que morrem de supetão, árvore morre devagarinho apresentando sinais de agonia, como galhos secos e queda de folhas fora da estação.

TIA SURE E TIO MARCOS

Na Idade Média as feiticeiras usavam vassouras e alquimia artesanal. As bruxas contemporâneas usam produtos industrializados nos alambiques, e vassoura *made in China* para as macumbas e despachos nas encruzilhadas. Cachaça de cabeça com nomes exóticos e sapo cururu de boca costurada com linha preta para aumentar o efeito do feitiço, já era. O meu interesse, no entanto, é o mau-olhado amador e espontâneo como o da tia Sure. Mulher que com um simples elogio conseguia baixar a espinhela de qualquer menino, elevando a temperatura da vítima em pelo menos cinco graus além do normal.

Mau-olhado de efeito instantâneo e fulminante.

Se é que existe alguma maneira de se poder comparar entre enfermidades fisiológicas que são tratadas com antibióticos da medicina convencional, e o mau de olho que se cura com uma promessa ou bênção, ele está além do nosso entendimento.

Mas não existe no mundo doença sem antídoto.

Creio que a negação é algo inerente à própria condição existencial.

A amálgama existe para tapar o buraquinho do dente, e o aborto é a negação da gravidez. Alguém pode imaginar um divórcio sem casamento? Uma morte sem nascimento? Claro que não.

Segundo testemunhas familiares de indiscutível idoneidade, o único remédio capaz de curar o mau-olhado da tia Sure, eram as bênçãos do tio Marcos, seu marido. Homem baixo, magro e de pouca conversa. Ele nunca soube explicar para os outros nem para si mesmo a razão de ter mandado buscar a esposa oito anos depois de ter imigrado para o Brasil. Ao contrário da grande maioria dos patrícios que foi ganhar a vida vendendo à prestação, tio Marcos arrendou um sítio às margens do rio Beberibe. Terra fértil, com muitas árvores frutíferas, uma roça, e vacaria artesanal, onde as vacas eram ordenhadas à mão pelo dono do sítio. É sabido que o olho do patrão engorda o boi. Se esta premissa é verdadeira, sem dúvida que também a vaca irá dar mais leite ordenhada pela mão do dono. Parte do leite era usada no preparo de queijos, e o restante depois batizado com água do rio, era armazenado em bujões de alumínio antes de ser vendido pelas ruas da cidade. Além das frutas, que eram vendidas na feira de Peixinhos, o tio cobrava uma taxa das lavadeiras e banhistas que vinham lavar roupa ou tomar banho de rio no sítio de sua propriedade. O preço do banho era vinte centavos, e a lavagem de roupa trinta centavos pagos à vista, sem possibilidades de parcelamento ou pendura. Fiado o tio Marcos não permitia, porém corria pelas vizinhanças o boato sobre algumas lavadeiras que estavam isentas do pagamento. Enquanto outras além da gratuidade no uso das águas do rio, também recebiam leite, queijo e frutas por conta dos extras com o patrão no meio da moita à beira do rio. Apesar da tentativa familiar em identificar algum elemento indicativo nas predileções do tio, nunca foi possível isolar uma razão que servisse como item ultimativo na escolha das parceiras.

Em princípio, pensamos ser a bunda arrebitada e os mamilos na direção do sol. Outras vezes, a carne dura ou a pele escura.

Mas, na verdade, nunca ninguém conseguiu desenhar o perfil das escolhidas. Haviam entre elas negras e mulatas, brancas, pardas, sararás e cafuzas, magras e gordas, altas e baixas, jovens de peitos arrebitados e balzaquianas com os balagos despencados.

Meu pai, que trabalhava no sítio durante as férias escolares, aventou a possibilidade de ser a dentição condição *sine qua non* na escolha das chapuletadas do tio.

A maioria das paparicadas e protegidas do tio Marcos tinha mais de setenta por cento dos dentes na boca. A teoria dentária poderia ter vingado se não fora uma negra fogosa e desdentada como um tamanduá. Ela era conhecida na região como Carmelita língua de veludo. Carmelita (a predileta) destruiu as premissas da teoria dentária. A não ser que nós tomemos o seu exemplo como sendo a exceção que justifica a regra. Carmelita, além das frutas e queijos, recebia em dias de festa uma galinha viva embrulhada num jornal velho, escrito em Ydish. A galinha era guisada depois de cuidadosamente degolada, segundo os costumes judaicos.

O jornal com a estranha grafia era guardado como relíquia por Carmelita, que além de ganhar a vida lavando roupa para fora, vivia uma vida de grande espiritualidade como mãe de santo em um terreiro nas redondezas. O jornal, depois de benzido, era dividido em pequenas porções, e cuidadosamente transformado em amuletos. Sem nenhuma diferença se o escrito continha uma crítica de teatro, ou propaganda de remédio contra azia.

Apesar de não existirem provas cabais sobre a veracidade de minha tese, quero afirmar ser a região marginal do rio Beberibe, o lugar em todo o Nordeste onde se encontra o maior número de pessoas que acendem velas na sexta-feira. Não comem carne de porco, e foram batizadas com o nome de Marcos Junior.

A RIFA

Era o mês de junho e as festas juninas se aproximavam, com fogueira, balões, milho assado e muita animação no pátio da igreja da Madalena. Um palanque de madeira com uns panos de cetim e papel crepom serviam de cenário para o pastoril mais bonito da cidade. Pastoril de verdade, com Diana, borboleta e mestre-sala. Cordão azul e encarnado, com mocinhas no final da puberdade. Todas desentoadas, cantando serem elas pastorinhas a caminho de Belém. Os olhos maquiados de azul, e os lábios bem desenhados por um batom barato, tentavam dar uma melhorada na idade e na aparência das jovens pastoras. As moças bonitas do bairro pouco interessadas em frequentar as atividades culturais da paróquia local, há muito já rebocavam pela mão o namorado ou noivo. Noivo e namorado formalmente é a mesma coisa. Porém, na prática a noiva permite ao noivo intimidades que as namoradas se recusam a ter com os namorados. As namoradas permitiam beijo de língua e uns amassados nos peitos por baixo do sutiã, enquanto as noivas permitiam aos noivos um dedilhado na xana ou sexo anal.

Uma montanha de ruge e pó-de-arroz cobriam as últimas espinhas no queixo e na testa das pastorinhas, tentando esconder as testemunhas soltas dos hormônios presos na barriga, peitos e bunda das jovens donzelas.

Entre uma e outra dança, elas saíam para vender senhas ao público presente, ajudadas por familiares, amigos ou algum potencial candidato a pedir em namoro a mão da moça. No final da noite, a pastora mais formosa era eleita segundo o número de senhas vendidas, e traduzidas em dinheiro para ajudar na construção do nunca concluído campanário da igreja. Como não existe festa de barriga vazia, afora dos *stands* de tiro ao alvo, pau-de-sebo e pescaria, existia um montão de barracas onde as donas de casa do bairro traziam os segredos culinários guardados há muitas gerações na família. Os bolos e pastéis eram vendidos pelas beatas frequentadoras da missa diária. Bombocados, empadas, olhos-de-sogra, quindim, sem falar nos clássicos bolos fatiados de macaxeira e o tradicional Souza Leão. Minha avó paterna, solidária com as devotas do bairro, contribuía para o sucesso do festival eclesiástico com um "*apfel strudel*" no qual a maçã era substituída por um recheio de banana. Mesmo sem ver nem de longe uma maçã, a obra de arte culinária da minha avó não abria mão do nome original. O nome estrangeiro da torta atraía muitos compradores. Antes da globalização, os moradores do bairro pensavam ser o queijo do reino mais saboroso que o queijo de minas, pelo simples fato de o primeiro vir de Portugal. Chocolate tinha que ser suíço, uísque escocês, sem falar na predisposição de se pagar uma grana abusiva para qualquer defenestrada proveniente de São Paulo, que viesse concorrer com as putas locais. Durante as festas juninas, a rua vazia onde nunca passava ninguém, se enchia com visitantes das vizinhanças. Até residentes do Alto da Torre e da Várzea vinham festejar a festa na igreja da Madalena.

Somente anos mais tarde, lendo José Saramago à sombra de uma tamareira às margens do lago Tiberíades, descobri a razão então inexplicável do magnetismo existente no panteão das santas por Maria Madalena. *Miriam há Migdalit* como aparece na iconografia eclesiástica.

Loira, jovem e sensual. A única santa com auréola sem véu a cobrir os cabelos. Símbolo da dialética divina, pois o que seria do arrependimento se não existisse o pecado?

FALTA DE TALENTO

A casa dos meus avós paternos estava estrategicamente situada entre o mercado da Madalena e a igreja com o mesmo nome.

Este foi o lugar escolhido para levantar o meu primeiro empreendimento comercial, que terminaria como tantos outros numa falência parcial, ou desinteresse total. Financiado pela minha avó paterna que sempre dizia que com pouco dinheiro ela tinha muito, montei uma rifa de fogos que atendia pelo nome pouco original de barraca de fogos São João. Escolhi o nome São João por uma questão prática. Era difícil para eu imaginar alguém tentando recomendar uma barraca de fogos que atendesse pelo nome de barraca de fogos E. RUSHANSKY Ltda.

A rifa foi feita com a ajuda materna. Usei um caixote de madeira cuidadosamente coberto com papel crepom, duas tábuas formando o teto, cola e alguns pregos. Um balão iluminado por uma vela pendurado no arco sobre o portão de ferro servia de chamariz para os potenciais clientes da vizinhança ou transeuntes ocasionais. A partir das cinco da tarde lá estava eu, a vender fogos de artifício.

Das cinco até as oito da noite, sentado num tamborete esperando os potenciais compradores. Todos os artigos estavam bem arrumados nas três prateleiras, copiando as barraca de fogos dos concorrentes.

Na prateleira superior umas caixas de traque de massa, estrelinha e outros fogos inofensivos eram vendidos a dezena.

Na prateleira do meio uns peidos-de-velha triangulares, que além do formato tinham o mesmo efeito das bombas de rojão, porém custavam a metade do preço. Na prateleira inferior, alguns foguetes de três estágios eram expostos orgulhosamente entre muitas bombas de diversos teores explosivos, e um vulcão multicolor. Apesar de o vulcão ter me custado os olhos da cara, eu acreditava ser sua existência, numa banca de fogos sortida e competitiva como a minha, de suprema importância. Para completar a credibilidade do estabelecimento, todos os fogos tinham a cara do índio Caramuru. Prova garantida de produtos de primeira qualidade.

Como era de se esperar, o vulcão ficou encalhado, sendo usado seis meses depois para comemorar o aniversário de uma vizinha simpática que atendia pelo nome de Teca. As vendas a varejo incluíam fogos por unidade, podendo o comprador receber os rojões em troca de uma prestação, com a promessa de mais tarde pagar o resto da dívida. A venda em módicos pagamentos tornaram minha barraca a mais competitiva e concorrida entre todos os que não tinham dinheiro pra comprar na xinxa. É desnecessário falar dos calotes e meses de correria para receber a remuneração de meia dúzia de traques e dois peidos-de-velha. Dívida devidamente catalogada, porém impossível de ser resgatada. A resposta de todos era a mesma: "Devo e não nego, pago quando puder". A lição prática recebida tão cedo na escola da vida poderia ter servido de alerta para futuras transações e empreendimentos financeiros. Mas, ao que tudo indica, a falta de talento nata em mim era herança do avô materno.

O AVÔ MATERNO

Mal termina a Primeira Guerra na Europa, e o meu avô materno Arão Isac Greif, resolve ganhar a vida em outras paragens.

O jovem burguês, metido a intelectual, partiu em busca do novo mundo segurando o título de primário completo numa mão, e na outra uma valise cheia de marcos.

Durante os meses que precederam a viagem, os marcos alemães que haviam sido trocados pelas libras esterlinas passaram a valer o peso do papel. Mais liso que pau-de-sebo, meus avós partiram para o novo mundo munidos com nada mais que a cara e a coragem.

O jovem casal partia sem alegria nem tristeza em direção às terras das possibilidades infinitas.

O Eldorado onde o céu é o limite.

O ditado popular diz que quem muda de lugar muda de sorte. Sem dúvida, meu avô estava com sorte de quem pisou em rastro de corno. Ele aplicou o capital certo no lugar errado, e no momento também. Perdeu o que tinha e o que não tinha, sendo obrigado a vender o enxoval e as jóias da esposa pra comprar o bilhete da viagem.

É claro que a venda da *nedunia* e das jóias veio acompanhada de juras e promessas, de que estas seriam ressarcidas com juros e correção no primeiro golpe de sorte no novo mundo. Creio ter sido esta a primeira, porém não a última promessa familiar nunca cumprida de ganhar dinheiro.

O PORÃO

O casco preto do barco contrastava com o bueiro branco decorado com as iniciais da companhia entre duas linhas vermelhas.

Tanto em direção do bordo como da proa, algumas fileiras de bandeirolas coloridas davam um ar alegre e festivo à triste partida em direção a outros mares e novas terras. Barco com o porão cheio de mercadorias e sonhos. O navio amarrado no cais como se fosse Guliver no país de Liliput, chamava a atenção pelo seu porte transatlântico, comparado aos outros barcos destinados à navegação costeira ou fluvial.

A longa viagem em busca de uma vida melhor teve começo num fim de mundo na fronteira entre a Rumânia e a Hungria. Cidade pobre, onde quase todos os habitantes eram judeus. Neste *shteitl* perdido no tempo, vivia a família da minha avó. Todos eram pequenos comerciantes, que viviam em pequenas casas nesta pequena cidade. De grande só a fé em Deus. Fé que não ajudou em nada quando, duas décadas depois, os alemães e seus cúmplices húngaros despacharam todos os habitantes judeus de Marmoresiget para Aushwitz.

Pouco antes de completar dezoito anos, a jovem casadoira abandonou a casa dos pais. Partiu para a cidade grande em busca de um bom partido, para fins matrimoniais. Desde aqueles tempos, arranjar marido não era moleza não. Nem na capital do império, e muito menos na Transilvânia, terra natal do conde Drácula.

Como moça solteira não fica por aí de bobeira, minha avó materna, temerosa de entrar para o clube das encalhadas, partiu da aldeia onde pastoreava os gansos familiares, em busca do ganso marital.

Por falta de opção, ela foi trabalhar como empregada doméstica na casa de uma parente rica. A tia rica trazia os parentes pobres para os trabalhos de limpeza na mansão às margens do Danúbio.

Segundo o testemunho de minha avó, naquela época haviam cisnes na beira do rio, e a cor das águas ainda era azul. O trabalho na casa da "generosa" parente se limitava ao período entre o raiar e o pôr-do-sol. Tinha como remuneração a cama para dormir, e três refeições temperadas com promessas de um futuro melhor. Poucos meses depois de chegar à casa da tia rica, minha avó abandonou o emprego, mudando de endereço. Ela não havia nascido com vocação para *shikse,* nem pra brincar de gata borralheira. Vovó se transfere para casa de uma família amiga, onde acaba conhecendo o bem situado e charmoso futuro marido. Ele ganhava a vida jogando na bolsa de valores da Hungria do pós-guerra. Como sorte de pobre dura pouco, o aventureiro esposo vende as ações de chá, café e açúcar pra comprar libras esterlinas, que foram trocadas por marcos da república Weimar comprados bem baratinho.

ALHOS COM BUGALHOS

Antes de partir para o outro lado do mundo, a jovem recém-casada foi se despedir da família com um lenço cobrindo a cabeça raspada, como é o costume entre os judeus ortodoxos. Depois das despedidas de praxe, com visita ao cemitério para pedir a bênção dos que estão nas esferas superiores, o casal partiu para a longa jornada. Três dias durou a viagem de trem de Marmoresiget até Hamburgo. Sem contar o dia em que a troca de trens acarretou num pernoite em uma cidadezinha qualquer.

Afora um pequeno grupo de viajantes moradores da região, que veio acompanhado de parentes e amigos, a grande maioria dos passageiros não tinha para quem acenar o lenço branco.

Todos olhando a terra firme, num adeus de despedida para os que ficavam no cais.

O lance de subida a bordo do navio foi seguido por uma série de lances escada abaixo, em direção ao porão da terceira, que ficava alguns metros abaixo da linha d'água. Só durante um tempo limitado, os passageiros confinados nas cabines cheias de beliches podiam subir ao *deck* do navio pra respirar um pouco de ar fresco. Estes momentos de lazer e ar puro gozados pelos passageiros da terceira classe eram devidamente ligados ao horário em que os viajantes da primeira se encontravam nos camarins. Para que não se mesclassem os alhos com os bugalhos. Os beliches da terceira, arrumados como em um quartel militar, não levavam em consideração idade, sexo ou estado civil dos viajantes.

Uma dúzia de passageiros por cabine. Famílias com crianças. Solteiros e recém-casados dentro de um cubículo que atuava como centrífuga. O que nenhum deles podia imaginar é que cem anos mais tarde o drama vivido por eles na realidade iria virar enredo de telenovela em horário nobre da Globo.

A VIAGEM

Apesar da intimidade forçada, poucas amizades nasceram deste sufoco, ao contrário das muitas reclamações e hostilidades.

Trinta e cinco dias separavam o jovem casal do porto de destino.

Três semanas depois da partida, o navio atravessou a Linha do Equador. Na sufocante cabine abaixo da linha d'água, ninguém se deu conta da linha imaginária, nem das garrafas de champanhe comemorativas do evento que espocaram no salão de baile da primeira classe. Ao contrário das confortáveis cabines familiares da primeira classe, o porão da terceira era irmanamente compartilhado pelos *shli mazel,* sonhadores e fugitivos.

Os homens mais recatados mal trocavam um bom dia, enquanto as mulheres tagarelas por natureza não paravam de falar bem de si mesmas, ou mal dos outros passageiros.

Cada qual a fazer o cálculo das probabilidades no difícil e complicado jogo da vida. Alguns deixavam para trás as famílias na esperança de no primeiro sopro da sorte mandarem trazer os entes queridos. Enquanto outros já estavam a preparar o álibi da definitiva separação. Pouco mais de um mês num porão abaixo da linha d'água é definição de romancista. Para o viajante dentro da cabine, este tempo pode ser traduzido como trinta e cinco dias, cada um composto de 24 horas de sufoco. Tempo suficiente para o meu avô analisar a situação. Desde então, ele dedicou boa parte do tempo à análise crítica da vida, deixando o prático de ganhar o sustento familiar, a cargo da esposa. Meu avô estava decidido a bem viver a vida e se necessário, vez por outra, tentar ganhar a vida também.

Naqueles tempos, minha avó ainda não completara dezenove anos. Flor de idade. Apogeu em que toda mulher tem um "quê" charmoso e feminino. Charme que vai se evaporando paulatinamente com o decorrer do tempo. Aos estragos dos anos se unem os períodos de gestação, atuando como agente catalisador no processo irreversível, em que a cintura adquire as medidas do quadril, e os peitos em salto livre aterrissam na área do umbigo.

AMÉLIA DE VERDADE

Trinta anos depois de ter pisado o solo da pátria adotiva, o forte e saudável "bandeirante" voltava, mais morto que vivo, de uma incursão pelo Amazonas. Não seria o aventureiro Arão Isac Greif que iria ganhar a vida por trás de um balcão vendendo pão na chapa e café com leite.

Her apoteker, título que ele se autoconferiu sem nunca ter estudado farmacêutica, voltava para morrer nos braços da esposa amada e indulgente. A matrona da família Greif não podia, nem de longe, cogitar a ideia que um descendente de longa e respeitada linhagem rabínica com quem havia se casado, fosse servir de pasto para as piranhas. Ou enterrado no meio da floresta amazônica sem os devidos preparativos do corpo, antes da alma subir para o céu.

Vale salientar que de volta ao Recife, o jovem Greif pesava não mais que 55 quilos, tremendo de febre que nem vara verde em dia de ventania. Dona Teresa, minha avó materna, era a Amélia no sentido absoluto da palavra. Como Penélope, mulher de Ulisses, ela esteve a bordar o tapete das esposas solitárias durante quatro anos sem exprimir um só lamento. Mulher talhada em madeira de lei à espera do príncipe encantado que garimpava às margens do rio Solimões. Arão Isac Greif partira em busca do ego perdido, e quem pode garantir se na busca do ego ele não acaba encontrando uma mina de esmeraldas?

Qual o aventureiro que não tem a esperança de encontrar uma mina de ouro ou de pedras preciosas?

Qual o navegante de mares virgens que não busca a ilha do tesouro?

Aron, como ele gostava de ser chamado, partiu com gosto de gás, para garimpar no Amazonas. Garimpar é a forma de falar, pois a única preciosidade que o meu avô encontrou nas margens do rio Solimões, foi uma cafuza que atendia pelo nome de Safira.

Mulher com a qual teve uns tantos abortos e um ou dois filhos, que passaram o crivo do ano e meio de idade.

Esta não será a única escapulida do vovô. Porém, de todas as extravagâncias extraconjugais, esta sem dúvida entrará nos anais da história familiar, como o mais prolongado hiato na vida marital do velho patriarca. Vez por outra ele entrava em parafuso, partindo para empreendimentos longe de casa. Apesar da distância, ele sempre se sentiu seguro. A segurança é certeza de que em caso de falência ou necessidade, o cheque salvador da esposa sempre seria enviado como uma bóia salva-vidas, a um náufrago em mar revolto. Hoje em dia, os psicanalistas diagnosticam este tipo de comportamento como crise matrimonial aguda, para diferenciá-la das crises medianas, onde o indivíduo cisca nas vizinhanças sem abandonar o ninho.

BOLERO DE RAVEL

Febril e meio alucinado pelo tifo, o "bandeirante" retornava ao Recife a bordo de um avião catalina, especialmente alugado para trazê-lo de volta ao seio familiar. Seu Aron sonhava, entre gotas de suor frio, com a esposa, a quem trinta anos atrás havia prometido tudo o que está escrito nos contratos maritais segundo a lei de Moisés. Contrato antigo com validade jurídica até os nossos dias.

O grande problema, no caso de a esposa não corresponder às expectativas, são as indenizações que o marido se compromete a pagar no dia do casamento, perante a comunidade, e pelo menos duas idôneas testemunhas. Meu dileto primo Leon quando jovem, num arroubo de magnanimidade escreveu na *ketuba* (contrato marital) a soma astronômica de nada mais nada menos que um milhão. Quando anos mais tarde o casamento dele afundou, o querido primo pegou o lotação para feira de Camaragibe, onde por "dois mirreis" comprou um milho que pesava quase um quilo. Entregou o "milhão" solenemente à esposa antes de partir de mala e cuia pra Paraíba. Em João Pessoa, sentados num barzinho à beira do rio Paraíba, tive o imenso prazer em ver o primo sexagenário de mãos dadas com uma encantadora mulher, degustando o pôr-do-sol ao som do bolero de Ravel, com casquinha de siri.

Gente madura curtindo a vida como se fosse um casal de adolescentes apaixonados.

Não que as esposas da família tenham algo de errado. Muito pelo contrário. Todas elas são mães exemplares, mulheres trabalhadoras e honestas. Porém, quem consegue nestas terras e neste clima não cair em tentação?

Por experiência própria, posso garantir não ser nada fácil para uma mulher cinquentona, concorrer com as vizinhas trintonas, e as molecas por volta dos vinte. Ponho o limite dos vinte pra não comprometer o avô, pai, tio e primos com menores de idade, pois desde que o mundo é mundo, burro velho gosta de capim novo.

O GRANDE RETORNO

O jovem Greif deitado numa padiola armada no fundo do avião suava delirante mais pra lá do que pra cá. Depois de dois dias de viagem atribulada, onde pelo menos oito vezes o piloto aterrissou em rios e lagoas para pequenos consertos, o hidroavião pousou na maré onde hoje se encontra o Cabanga Iate Clube. O marido moribundo é removido do Catalina bimotor com todos os cuidados para casa da esposa. No seio da família, cercado de parentes e amigos, meu avô deveria, segundo o diagnóstico médico, entregar sua alma ao criador. Mas o inacreditável aconteceu. O vovô não iria deixar a esposa viúva, com eira e beira solta na buraqueira.

Baixo os cuidados da minha avó, exímia conhecedora da medicina cabocla, foram preparados misteriosos chás e deliciosas canjas de galinha velha. O vovô só pra fazer raiva resolve contrariar os prognósticos médicos. Em pouco tempo ele recupera a saúde a ponto de poder aporrinhar a esposa, e as empregadas lá de casa por mais quarenta e cinco anos. Vovô sempre dizia que para quem esteve tão perto de pular o muro do cemitério, pular a cerca é fichinha. Ele recebe com a saúde, indulgência plena para prevaricar sem ter que prestar contas a ninguém, como se fosse um cavaleiro cruzado a lutar contra os mouros na Terra Santa.

Vou fazer uma pausa neste estágio das coisas e fazer um *flash back* da chegada do navio ao porto do Rio, pois nenhuma história tem enredo e fim sem ter um começo.

O DESEMBARQUE

Antes de atracar no porto, o navio lançou âncoras ao largo da baía de Guanabara. As autoridades sanitárias buscavam entre os passageiros do barco algum tuberculoso ou sifilítico. Este tipo de enfermidades que se tornaram banais nos dias de hoje, eram letais em tempos passados.

Os guardiões da saúde pública estavam decididos a não permitir a importação de venéreas estrangeiras. Apesar que nenhuma doença vinda da Europa, tivesse capacidade de competir com as venéreas nacionais. Venéreas verde e amarelas com brios e tradições.

Sobre este assunto, aceito a abalizada opinião e testemunha do seu Austriqlinio, o dono da farmácia mais popular no bairro da Madalena. Ele afirmava com conhecimento de causa, serem as doenças locais imbatíveis e de primeiríssima qualidade.

O teste de saúde foi rápido. O jovem candidato à cidadania brasileira preencheu os questionários com a ajuda de um funcionário do serviço de imigração. As perguntas eram lidas vagarosamente, como se o ritmo lento ajudasse na compreensão das mesmas. Creio que afora o nome e a idade, todas as respostas ao questionário foram respondidas por aproximação. O vovô e a vovó, felizes da vida transbordando saúde por todos os poros, finalmente haviam chegado ao porto de destino. O funcionário do ministério do interior vestido a rigor, apesar do calor sufocante, preenchia, item por item, o longo questionário. Depois de escrever a data de nascimento e o nome completo do recém-chegado, ele perguntou, sem tirar os olhos dos papéis, a próxima questão.

– Sexo?

O avô responde meio sem jeito :

– Três vezes ao dia.

O funcionário olha para o jovem imigrante, e explica que a resposta tem duas opções. Ou masculino ou feminino.

Vovô Greif responde com firmeza que até então para ele, sexo só com feminino. Porém, quem sabe um dia.

Meu avô, com ajuda de um judeu que vinha receber os recém-chegados, explicou para o funcionário da imigração ser seu nome próprio Arão, e sua profissão fotógrafo. Diga-se em nome da verdade que até então ele nunca havia batido uma só fotografia.

– Fotógrafo? Perguntou o funcionário da imigração.

– Fotógrafo. O meu avô responde, e como tal é registrado.

Terminados os exames médicos e burocráticos de praxe, os que receberam o visto de entrada no país, baixaram rápido em direção do cais. Os estivadores com farda e boné estilo capitão de fragata, ofereciam serviços de transporte para os pesados baús carregados de enxovais dos recém-casados, utensílios e ferramentas de carpinteiros, agricultores e outros profissionais, em busca de um futuro melhor. Os baús baixavam do navio no lombo dos estivadores até a fila de táxis de tração mecânica ou animal.

Cada um segundo as suas possibilidades financeiras.

Apesar de não ser chegado às crenças populares ele faz questão de baixar com o pé direito no Brasil, afinal de contas, nunca faz mal não brincar com a má sorte, urucubaca ou azar.

OS PLANOS E DESENGANOS

Os primeiros dias de aclimatação no Rio de Janeiro se passaram numa pensão no largo do Machado, onde já residia o tio Salomão. O irmão mais novo do vovô havia vindo para o Brasil alguns anos antes dele, com as mesmas intenções de melhorar de vida.

Apesar de sempre tratá-lo por tio, na verdade ele era tio avô, e ganhava a vida de forma pouco original vendendo à prestação nas áreas pobres da cidade.

Tio Salomão sempre dizia, entre uma pitada e outra do eterno bago de cigarro pendurado no canto da boca, que dinheiro no Rio é que nem gangorra. É você baixando na grana, e subindo na topografia.

O tio vendia tudo que fosse menor que um piano de cauda, pesasse menos que um cofre de banco, e desse uma margem de lucro de pelo menos dois mil réis limpos. Cinquenta anos mais tarde fui testemunha de uma ferrenha discussão entre os dois irmãos sobre o caráter socioeconômico da freguesia do dileto tio. Meu avô definia a clientela do irmão como remediados. Termo neutro que descaracterizava o caráter proletário da sua freguesia.

Remediado em questões monetárias, é como definir uma mulher como engraçadinha, ou seja, uma fêmea que nem é bela nem inteligente. Algo insípido como um misto quente com queijo e presunto de soja, ou uma transa comemorativa das bodas de ouro com a legítima. Tio Salomão defendia o caráter classista dos seus fregueses, afirmando com certeza e convicção que só os monges, os loucos, e os membros do partido são capazes de ser os seus clientes proletários desconscientizados. Por um lado, trabalhadores bóia-fria ganhando salário mínimo, pelo outro lado, torcedores de time campeão e amigos do dono do botequim da esquina.

Depois da troca de beijos e abraços seguidos pelas perguntas de praxe sobre cada um dos membros da família que ficaram no velho mundo, os dois irmãos decidem no calor do reencontro abrir uma sociedade comercial. Tio Salomão que já então era filiado ao PC, não perdia a oportunidade de repetir a máxima de que "A união faz a força". A sociedade chegou a tomar forma e caráter com divisão fraternal das ações e dos lucros virtuais entre os dois eméritos representantes da família Greif no hemisfério sul, baixo o pomposo nome Irmãos Greif Ltda. A companhia devia ser limitada, pois era inconcebível que esta futura mina de ouro se transformasse em sociedade anônima, dividindo os lucros com estranhos. Enquanto os planos do grande empreendimento tomavam forma, o jovem e dinâmico imigrante resolve ganhar uns extras, vendendo pelas ruas do Rio de Janeiro confeitos com o nome comercial de "Beijo".

Para se diferenciar de outros vendedores ambulantes com o mesmo tipo de mercadoria, seu Aron como ele passou a ser chamado desde então, pôs uma impecável bata branca, como se estivesse trabalhando numa farmácia e não a vender confeito na rua.

Não se passaram alguns dias, e a jovem esposa insatisfeita com as comissões ganhas pelo marido na venda dos doces, resolve criar seu próprio produto. Ela monta, no quartinho do hotel, uma "fábrica" de confeitos idênticos aos vendidos pelo esposo, agora rebatizados com o enganoso nome de "Bijou". O nome soava como o produto original, acrescentando ao mesmo um toque afrancesado.

É claro que este era um bico temporário. O jovem imigrante, com aspirações financeiras Rotshildeanas, abandona logo que pode a "emergente" fábrica de confeitos, para cumprir com seu verdadeiro talento empresarial e artístico. Os grandiosos planos da futura firma com o irmão não duraram mais que o calor do reencontro.

A empresa familiar, que teve início entre beijos e abraços, se desfez sem muitas explicações algumas semanas depois, durante um daqueles arroubos temperamentais com *overdose* de princípios morais ou de loucura. (Moralidade e loucura fazem parceria, como goiabada cascão com queijo de coalha). Meu avô estava decido a partir em busca da sorte grande. A cidade escolhida para o primeiro empreendimento financeiro foi Congonhas do Campo no Estado de Minas Gerais. Dentro de três dias iria se realizar neste fim de mundo, a procissão em honra da padroeira da cidade.

Sem tempo para meticulosos preparos, meu avô vestido de paletó, colete e chapéu de feltro, suava em bicas, nervoso e tenso frente ao desconhecido. Como marinheiro de primeira viagem, ele chegou a estação central três horas antes da hora prevista para a partida do trem. O tempo de espera foi devidamente aproveitado para um passeio a pé nas redondezas. O jovem imigrante com seu aguçado olho artístico, havia percebido desde a chegada ao novo mundo, a bela topografia da cidade maravilhosa, como a completar o perfil das mulheres locais. Bundas duras como a pedra da Gávea, e peitos empinados como o Pão de Açúcar. Monumentos vivos a desafiarem o sétimo mandamento divino, e a lei da gravidade também. Pouco antes das treze horas, o trem partiu em direção a Minas. O jovem casal acostumado a viajar de terceira, sobe meio sem jeito os degraus atapetados do vagão da primeira classe. Meu avô, que sempre foi chegado a surpresas, havia resolvido transformar o primeiro empreendimento financeiro no novo mundo em viagem de *business and pleasure*.

Era importante recompensar a jovem esposa, pela longa travessia do oceano no sufocante porão do transatlântico com nome de princesa. Agora a viagem seria em luxuosas poltronas de couro com vagão restaurante, e não sentados em bancos de madeira da terceira classe com o Zé povinho. Inspirado nesta primeira viagem, o "barão" irá manter a tradição de unir negócios e prazeres por toda sua vida, invertendo a ordem dos fatores e desequilibrando o produto. Segundo seus cálculos e previsões otimistas, os bolsos se encheriam de dinheiro. Afinal de contas, qual o peregrino que deixando sua roça por fé e devoção, não estaria disposto a se desfazer de alguns réis em troca de tão representativa lembrança?

Entrar para a posteridade de chapéu na mão a saldar a imagem da santa padroeira. A viagem que durou quase 48 horas, foi como uma segunda lua de mel. As expectativas otimistas de ganhar dinheiro, atuavam como agente catalisador em cima das glândulas hormonais do jovem casal. Faísca em cima de pólvora.

Estou a usar uma metáfora explosiva para descrever a sexualidade da minha avó materna com a precisão e indiscrição que eu não ousaria usar, se não fosse a experiência vivida anos mais tarde com uma sobrinha neta da minha *bobe* em terras distantes.

Matilde lembrava, no visual, a vovó Teresa quando jovem.

Tipo da campesina húngara sem a sensualidade estudada das mulheres coquetes. Pouco feminina nos trejeitos, porém muito mulher. Destas que você termina a transa com a sensação de que não lhe resta nem uma gota de energia. Nem pra acender o cigarro, ou mesmo levantar da cama para fazer xixi...

Você termina a fufuricada extenuado, esgotado, exausto, espremido até o âmago da alma como se fosse um limão de caipirinha, ou idôneo pagador dos impostos municipais, estaduais e federais. Creio que o romance com a sobrinha neta de minha avó, *a priori* não podia ter dado certo. Desde os primeiros momentos, eu me sentia o próprio Édipus a cometer um ato incestuoso, só que em vez da mãe era com a avó.

FOTÓGRAFO LAMBE-LAMBE

A chegada do trem em Congonhas do Campo a cada três dias, era sempre motivo de festa na cidade, que já estava devidamente preparada, limpa e enfeitada pelas autoridades para receberem a multidão de fiéis. Entre os peregrinos e devotos, haviam muitos aleijados, cegos e cochos, alguns endemoniados, além de outros maltratados pelo destino. Trintonas encalhadas que de longe haviam escutado a fama da polivalente santa padroeira, que agia não só sobre os males do corpo, como também do coração.

Os poucos bêbados e delinquentes cadastrados da cidade foram convidados a optar entre um exílio voluntário, ou uma compulsiva estadia no xadrez local. Durante a semana de festa, a manutenção da ordem pública era de vital importância. A famosa e concorrida procissão tinha entre os fiéis seguidores, importantes figuras políticas não só do município como até da capital.

Todos com olhos devotos no andor da santa, e os pensamentos distantes só Deus sabe onde.

Dentro de todo este burburinho humano, mesclavam-se pelas praças e ruas da cidade multidões de negros, brancos e mulatos vindos com o propósito de prestigiar a santa.

Uns acendiam velas para a santa na expectativa de ganhar a vida futura, enquanto outros vendiam as velas a fim de ganhar a vida no presente. Como deixei bem claro, a santa era polivalente.

Separados da multidão havia um punhado de turcos verdadeiros, pois todo árabe, judeu ou negociante de procedência desconhecida, é de imediato tachado de turco até conseguir provar o contrário.

Dentro desta Babel multicolor, chamava a atenção um jovem de aparência europeia com chapéu de feltro e uma barba retangular bem tratada, que lhe davam um ar erudito e sóbrio.

Como era óbvio para um homem de sua pretensa posição social, afora o chapéu obrigatório na cabeça, a camisa branca de colarinho duro e o terno escuro de casimira inglesa, o vovô tinha um relógio com corrente de prata no bolso da algibeira, e um pino de ouro na lapela para completar o figurino. Com toda está pinta de barão, nem pensar em carregar com as próprias mãos a máquina fotográfica, e todos os demais apetrechos necessários a um fotógrafo profissional na segunda década do século passado.

Além da máquina fotográfica de grandes dimensões com o tripé de madeira e o *flash* de magnésio, havia um pequeno palanque que criava a ilusão de alguns centímetros a mais na altura do fotografado. Além de melhorar a estatura do cliente, meu avô prometia um retoque à mão que permitia disfarçar a falta de um dente, ou até mesmo apagar os buracos deixados na cara do freguês, pela bexiga, lixa, ou talho de facão. Como não poderia faltar a um verdadeiro estúdio fotográfico mesmo que fosse de rua, uma imensa tela com as nevadas montanhas da Áustria serviam como cenário de fundo, pendurada entre duas frondosas mangueiras.

Todo este equipamento, havia sido cuidadosamente transportado da Europa para o Brasil nos caixões originais da fábrica, chegando a Congonhas do Campo sem sofrerem nenhum dano.

O transporte do material fotográfico da pensão até a praça da igreja foi feito por um exército de curiosos e vadios que se propuseram a ajudar no transporte do estúdio fotográfico ambulante. Todos os carregadores estavam isentos de qualquer outra remuneração, que não o mero prazer e a honra de com suas próprias mãos carregarem tão raros e exóticos instrumentos. Símbolo dos novos tempos e das novas tecnologias.

O vovô Greif parecia ter acertado na sorte grande.

Ele era dono de uma fonte de dinheiro mais rendosa que hospital particular em São Paulo, ou motel na zona sul do Recife.

Em ambos funciona o sistema da cama quente. É levantando um e deitando outro.

O rendoso monopólio de retratar com precisão os honrados cidadãos e seus familiares, era de sua exclusiva propriedade.

Antes da invenção da máquina de fotografar automática, que permite a qualquer loura retratar paisagens e eventos com sucesso, fotógrafo era profissão. Fotografia era tida então como uma arte misteriosa. Algo próximo da alquimia, sem falar nos necessários retoques artísticos que vinham dar um colorido alegre e vivo ao preto e branco da fotografia. Depois de montado o equipamento tendo como pano de fundo as nevadas montanhas de Caprun, começou a "chover" clientes. Todos eles felizes de poderem entrar em menos de uma hora nos portais da posteridade. Até então, o privilégio de ser retratado estava vedado à classe média.

Só alguns ricaços podiam se dar ao luxo de serem pintados por algum artista europeu de passagem pelos trópicos. Entre os primeiros a serem fotografados, estavam os familiares do delegado e do prefeito da cidade. Meu avô, com a intuição instintiva de imigrante recém-chegado, entendeu ser necessário abrir mão dos honorários, e ainda por cima agradecer a honra e o prestígio de tão eméritas autoridades terem dedicado parte do seu precioso tempo, honrando o fotógrafo lambe-lambe com as suas presenças. Como sorte de pobre dura pouco, já no entardecer do segundo dia começou a se armar um céu cinzento cor de chumbo.

O lugar do fotógrafo lambe-lambe na praça da cidade, foi tomado de assalto pelo bando de turcos que vendiam guarda-chuvas. Guarda-chuvas negros para os homens sérios e boiolas que naqueles tempos ainda não haviam "saído do armário". Para as senhoras e senhoritas, eram oferecidas delicadas sombrinhas coloridas. Dependendo da tonalidade escolhida se podia saber o estado civil da cliente. As viúvas optavam pelas sombrinhas brancas, como a definir o estado puro e casto desde a morte do marido. As mulheres casadoiras buscavam cores alegres e tonalidades fortes, como o palpitar dos corações amantes. As de má reputação optavam pela cor vermelha debochada. A meta era chamar a atenção dos homens em geral e dos casados em especial. Diante das chuvas celestiais, que definitivamente chutaram o fotógrafo para escanteio, não restava outra opção para a jovem esposa que sair à luta em busca do ganha-pão. Ou melhor dizendo: da manteiga e do queijo de Minas, pois o pão já havia sido ganho naquele primeiro dia de estupenda clientela na praça da cidade.

A DEBUTANTE

Na pensão onde estavam hospedados o fotógrafo e a esposa, se encontravam dois patrícios da Hungria. Também eles vieram ganhar a vida como os meus avós. Os húngaros estavam a vender relógios "fuliados" a ouro da marca Roskoffe contrabandeados da Europa. Anos mais tarde, a até então desconhecida marca de relógios, se tornaria no Brasil sinônimo de péssima qualidade na indústria relojoeira. Pelo desenrolar dos fatos, e a facilidade com que minha avó recebeu dos húngaros, que até a pouco eram ilustres desconhecidos à preciosa e reluzente mercadoria, imagino que meus antepassados viveram na época da ingenuidade e confiança. Os patrícios não pediram a ela outra documentação além da lista da mercadoria e dos preços, entregando a bolsa cheia de relógios para a debutante vendedora ambulante. O limitado vocabulário da jovem empresária, que poderia ter sido um empecilho nas vendas, foi transformado em trampolim. "O senhor me dá dinheiro e eu dou relógio pro senhor". Este era o formato imbatível com que a jovem punha na prática sua habilidade comercial. Este mesmo sistema de vendas irá ser usado por ela anos mais tarde durante a Segunda Guerra, quando o Recife se tornou base da força aérea americana.

Só que agora a venda rolava em inglês, e as mercadorias eram pedras semipreciosas. "*Do you give me money, I give you stone.*"

Tão concisa e tão certeira.

Com uma única frase ela construiu o patrimônio familiar, posteriormente dilapidado pelos filhos e netos poliglotas, com títulos acadêmicos a granel. A falta de vocabulário com a cara de honesta ajudavam a convencer os potenciais clientes da idoneidade moral da vendedora, e da boa qualidade da mercadoria.

Esta era uma chance única de se adquirir um Roskoffe original, ela explicava com um forte acento e muitos erros de português.

Sem dúvida que a perda desta oportunidade de ter um Roskoffe original, acarretaria em amargo choro nas futuras gerações, ela explicava sem bater a pestana. Imagine-se a cena do neto a se lamentar, com o filho sobre a perda da grande chance que tivera o avô de possuir um legítimo Roskoffe, baratinho, baratinho.

Com a sorte de principiante, os dois primeiros clientes abordados pareciam ser homens de bem, e abonados de grana. De cara, eles se interessaram no mais caro dos relógios que atendia pela duvidosa grife de R.C.R., ou seja, Roskoffe Corona Real.

O uso da mímica para explicar a qualidade da mercadoria funcionava bem, evitando a necessidade de demasiados detalhes de ordem técnica sobre o relógio à venda. Com a segurança de quem vende produto de primeira, ela colava o relógio no ouvido do potencial comprador, para que este escutasse o batido forte da máquina. Para o golpe final, quando o negócio já estava praticamente fechado, a vendedora ambulante convidou um jovem europeu, que se encontrava parado na esquina com as mãos enfiadas nos bolsos. O jovem olhava como "quem não quer nada" em direção aos dois fazendeiros, e da esforçada vendedora. Com um gesto largo de mão, minha avó convidou o marido para que se aproximasse, e pudesse servir como testemunha da transação.

Com o mesmo ar ingênuo com o qual minha avó enalteceu a forte batida do relógio, ela perguntou ao recém-chegado o que ele como europeu conhecedor das grifes em voga, achava deste precioso Roskoffe. O vovô, mesmo sem examinar a mercadoria, levantou os ombros e disse que infelizmente não conhecia marcas de relógio, acrescentando com orgulho ser sua profissão fotógrafo e não relojoeiro.

MINAS E MINEIRAS

Durante os próximos seis meses, o trabalho de fotógrafo lambe-lambe foi rendoso, e de certa forma até prazeroso.

O contato com o público apressou o aprendizado do português, e a integração social do jovem fotógrafo, que cada vez saía com mais frequência para viagens nas redondezas. O fato dele mal chegar, não cumprir as obrigações maritais e partir para novos empreendimentos longe da casa, chamou a atenção da jovem esposa. O marido justificava a necessidade destas saídas constantes, ao fato de terem chegado à cidade outros fotógrafos, o que exigia mais trabalho para manter o mesmo nível de renda.

A baixa nas entradas monetárias não preocupava em nada o meu avô, que sempre confiou na habilidade da esposa de ganhar o sustento da casa. Na verdade, a única renda importante que o vovô levantou desde aqueles tempos, foi a renda da barra das saias do mulherio.

Apesar da curiosidade e grande interesse existente por parte de filhos e netos sobre este período na saga familiar, nunca, nas reuniões do clã, pudemos constatar com precisão a razão que levou os jovens imigrantes a se estabelecerem definitivamente no estado de Minas. Teria sido o tutu mineiro, ou o tutu dos mineiros.

Qualquer que tenha sido a razão, o resultado é o mesmo.

A família Greif, agora com o primogênito e a primeira filha chamada Beija (em homenagem aos bombons vendidos pelo meu avô) começam as andanças pelo interior de Minas.

As saídas do jovem e pintoso fotógrafo se fizeram naqueles tempos mais frequentes e prolongadas. A pressa com que mal desfazia as malas e já começava a planejar a próxima viagem, deixou a jovem e desconfiada esposa decidida a pôr um ponto final nesta liberdade matrimonial. Liberdade que só será superada cinquenta anos mais tarde pelos netos e netas espalhados pelos quatro cantos do mundo.

Apesar da falta de provas comprometedoras, a vovó agia com a intuição instintiva de mulher casada com marido charmoso.

Sem aviso prévio nem muito alarde, ela vendeu, num dia chuvoso, o material fotográfico para um turco pouco entendido no assunto. Além do preço da máquina e dos acessórios, o turco estava disposto a pagar uma apreciável quantia pelo zeloso nome da firma. Depois de esvaziar a casa, minha avó distribuiu com a vizinhança todas as quinquilharias compradas ou ganhas durante o tempo vivido em Congonhas do Campo. A família Greif, com os cachorros e passarinhos, partiu de mansinho, na boleia de um caminhão alugado em direção da próxima estação como se fosse a trupe de um circo mambembe.

Os Greif's chegam em Nova Lima, onde com muita festividade foi instalada a primeira sala de projeções cinematográficas não somente da cidade como de toda a região.

O empreendimento faliu por falta de clientes com capacidade de pagar a entrada de dois tostões. A bancarrota do cinema abriu novos horizontes. O cinema se transformou em bar e sorveteria.

Desde a chegada no porto do Rio, minha avó havia adotado o nome de Teresa, pois o seu verdadeiro nome de batismo, Tova Sabovitch soava um tanto cacófono aos ouvidos dos funcionários encarregados de registrar os imigrantes recém-chegados.

Pouco antes de abrir as portas do bar e sorveteria para a freguesia em geral, ela pendurou, com a ajuda do filho maior, uma placa com o nome do futuro estabelecimento comercial.

BAR E SORVETERIA S. TERESA

Se a meta do "S" era exaltar o Sabovitch, nome de família da proprietária quando solteira, a idéia não vingou. Desde o primeiro dia, o nome do estabelecimento passou a ser conhecido como bar e sorveteria Santa Teresa. Para os frequentadores mais íntimos, bar e sorveteria Santa Teresinha. O bar era do tipo familiar. Lugar próprio para o marido levar a esposa e os filhos, sem perigo de escutar um palavrão, nem se deparar com bêbados e mulheres de duvidosa reputação. Depois das apresentações cordiais aos curiosos vizinhos, minha avó se pôs diante dos negócios familiares, buscando a melhor maneira de se entrosar na nova cidade. Ela era o que eu chamo de mulher piedosa e temente a Deus. Fé simples como é a religiosidade de quem mais trabalha que ora. Religião sem os charmes e sofisticações litúrgicas da ortodoxia clerical, afinal de contas nunca faz mal acrescentar um pouco de candomblé ao monoteísmo judaico.

Segundo histórias que correm na família, a vovó era médium, e afora o indomável espírito do marido, ela conseguia baixar e dominar qualquer outro. A matriarca era o contrário do marido, que apesar de semianalfabeto considerava-se conhecedor da teologia escatológica. Pensamentos e linguagem simples o da minha avó. Sem nenhum rebuscado pseudofilosófico. Ao todo, ela só queria ganhar o pão de cada dia, sem muito meditar sobre a vida nos seus aspectos transcendentais. Que lhe importava de como seria a vida depois da vinda do messias, quando *"lo issa goi el goi herev, ve lo ilmedu od milhama"*. Isaías, 2.4.

A dona do bar sorveteria, como já defini anteriormente, era mulher de uma religiosidade prática. Com poucas orações e muitas boas ações. Ela não hesitou no primeiro encontro com as autoridades municipais em pedir ao delegado permissão pra preparar um almoço monumental aos presos que se encontravam na delegacia local.

Pedido que, apesar de estranho, foi atendido com a óbvia restrição de que não fosse servida nenhuma bebida alcoólica.

Estes foram tempos bentos no Estado de Minas.

Em toda cidadezinha e vilarejo, apareciam santos e milagreiros todo santo dia. Alguns continuaram a prosperar até o novo milênio. Outros voltaram ao anonimato, como é o caso de uma negra milagrosa chamada Manuelina dos Coqueiros, Zé do Bode, e o padre Junqueira. O último, apesar de ter fugido com a sobrinha vinte anos mais jovem que ele, continuou a gozar de muito prestígio. O escândalo em nada diminuiu a sua fama de ser homem santo e milagreiro. Exorcista de mão-cheia, mesmo depois de excomungado pela Santa Igreja Católica.

O almoço para os presos foi falado em toda a cidade. A notícia passou de boca em boca, como se fosse fogo em mato seco se espalhando na caatinga. No final do dia, comentava-se que a mulher piedosa recém-chegada, não era outra senão a própria Santa Teresa. Ela (a santa) tinha baixado dos céus, e não por um acaso, escolhido a simpática cidade de Nova Lima como residência permanente. Alguns mais eruditos chegaram a questionar se a recém-chegada era Teresa de Ávila ou de Lisieu, dispensando assim a necessidade de se buscar alguma relíquia concreta para a paróquia local. Afinal de contas, a cidade tinha entre os seus habitantes uma santa de verdade. Santa de carne e osso e ainda, por cima, exímia cozinheira.

TIO SALOMÃO

Nada era tão esperado como as férias no final de ano.

Naqueles tempos ainda não havia desenvolvido o sistema dos estudos inversos. Creio que só no último estágio do curso secundário cheguei ao pleno desenvolvimento do sistema que acompanhou meus estudos desde então. Sistema simples, que talvez pela sua simplicidade e naturalidade nunca havia sido usado pelos alunos que me antecederam nas bancas escolares.

O sistema consistia na inversão dos estudos. Eu farreava durante os dez meses de aulas, e estudava nos dois meses de férias.

Durante o curso ginasial, eu simplesmente caprichava na mediocridade das notas, fazendo o cálculo dos pontos e décimos suficientes para passar de série, com a gentil ajuda da minha colega de classe Ieda Ludmer. Moça caprichosa nos estudos, sem ela, provavelmente, nunca teria terminado o curso ginasial.

Apesar da curiosidade, nunca procurei revê-la para não destruir o mito da adolescente inteligente, simpática e bonita gravado na memória. O primeiro e único amor platônico da minha vida. Como uma santa, protegida por uma redoma de vidro. Visível, porém intocável. Depois de um diálogo amigo com a professora de Matemática, no qual eram declamados elogios complementados com pequenos presentes, eu partia num Ita da Costeira, ou num ônibus semileito da Itapemirim em direção ao Rio de Janeiro. Nada como elogiar uma mulher feia e presentear uma professora pobre para se conseguir arredondar os décimos deficitários para passar de classe.

Na cidade maravilhosa, tudo ocorria como numa *avant premiére* da vida antes de o mundo virar uma aldeia global. O Rio lançava a moda e os costumes que só iriam chegar tempos mais tarde no Nordeste. Quando vingou o maiô sem saiote no Norte, no Rio o tamanho do biquini já começava a diminuir, e as mais afoitas, com a lâmina de barbear do pai, caprichavam no trato do bigodinho.

Pelo fato de ser prognata, desde jovem deixei crescer um eterno bigode que sempre serviu de contrapeso pra queixada, e quem sabe para algo mais. Creio que bigode diz muito sobre o caráter do indivíduo. É claro que o bigode do homem está exposto à luz do sol, enquanto as mulheres guardam os bigodinhos nas intimidades. Já que o assunto é bigodes e bigodinhos, quero confessar minha predileção pelas caras escanhoadas, e xanas que conhecem a navalha de forma comedida. Xerecas raspadas sem esmero, no estilo relaxado caprichoso, como a barba do falecido Yaser Arafat. Nada de raspar o sovaco da coxa no exagero, criando uma textura amorfa como a bunda de um bebê. Ou, por outro lado, relaxar nos cuidados da bichinha, deixando os tufos de pentelho descuidados, como jardim de casa por alugar. Segundo a abalizada opinião do meu douto primo Leon, grande entendido em sexo e cítricos, existe a necessidade de uma podagem comedida e natural, tanto pro pé de limão como para as zonas erógenas da mulher, vulgarmente chamada pela minha amiga Chaia de **x**ana com **X** apesar da tentação de escrevê-la com **Ch**.

A PUDICA AVÓ E O TIO SOLTEIRÃO

Esta não era minha primeira viagem ao Sul do país, mas a emoção e a tensão eram iguais às da primeira vez, quando acompanhei minha avó paterna de viagem ao Rio de Janeiro.

Viagem a negócios, em busca do último grito da moda copiada por alguma fabriqueta clandestina na baixada Fluminense.

A visita às fábricas era a parte chata da viagem, que trocava de caráter a partir das cinco da tarde, quando eu passava da tutela da minha idônea e pudica avó para as mãos de um tio solteirão, comunista e mulherengo.

O tio Salomão, que já foi citado quando da chegada do vovô Greif ao Rio de Janeiro, vivia num hotel no Largo do Machado.

Hoteleco com uns trinta quartos com banheiro coletivo no fundo do corredor, e uma recepção situada no vão do pé de escada.

Por trás do balcão bem envernizado, um careca baixinho e simpático servia de porteiro, maleteiro, *bell boy*, segurança, *room service* etc.

Não me recordo do nome do careca, porém fui informado com muita pompa pelo tio Salomão ser o baixinho membro do partido, e subsecretário de uma célula no Bangu.

Função não remunerada, mas muito prestigiosa nos dizeres do macrobiótico tio, que como todos os membros da família foi batizado com nome de rei, juiz ou profeta bíblico.

Cada vez que dizia algo, o tio se aproximava do meu ouvido soprando em surdina segredos triviais como se fossem segredos de estado. Comportamento prudente e normal entre os traficantes de drogas e membros de partidos semilegais.

Sempre confidencial e discreto, mesmo que o assunto fosse prosaico como a marca do guaraná, ou se a empada era de frango ou camarão. Além dos residentes permanentes do hotel, e um ou outro caixeiro viajante de passagem, o local servia de ninho amoroso para umas mulheres diletantes. Mulheres que trabalhavam como secretárias, balconistas e donas de casa meio expediente, se prostituindo de forma semi-profissional nas horas vagas.

O "michê" ganho no batente servia de complemento salarial, pois segundo minha amiga Suzana, a vida, desde aqueles tempos, está difícil de ser ganha honestamente. Bem ao lado do hotel, um sem fim de restaurantes populares serviam prato feito e *à la carte*, na mesma rapidez e eficiência que o Bob's. Aliás, foi no Bob's do Largo do Machado que eu conheci Rosimeri Midian, minha primeira namorada com ginasial completo e carteira de motorista.

Foi também lá no Bob's que eu travei conhecimento com o cachorro-quente usando salsicha, e não carne moída como é costume no Recife. Em vez da asquerosa Crush, descobri a existência de um néctar divino que atendia pelo nome de Vaca Preta. Invenção genial de *milk sheik* usando Coca-Cola em lugar de leite. O tio meio naturalista derrubou um quibe acompanhado de tabule e outras comidas árabes, enquanto eu partia como um bólido para cima do megabife à cavalo com batatas fritas, regado com guaraná champanhe Antarctica. Peço desculpas ao meu aristocrático amigo Jonas, carioca por vida e paraibano de coração. Homem entendido em charutos raros, e exímio conhecedor de vinhos caros e mulheres também. Ele que me perdoe, porém não troco o suco de graviola por nenhum vinho, nem o guaraná champanhe da Antarctica por uma borbulhante Don Perignon.

Depois de engolir a *baklaua* devagarinho, o tio tomou de um gole o cafezinho, e acendeu com o bago eternamente pendurado no canto da boca, mais um Continental sem filtro. Bem na frente do restaurante havia uma parada de ônibus.

Partimos para a Cinelândia.

AVANTI POPOLO

A cada quinze minutos, passava o ônibus em direção da Cinelândia. Durante o tempo de espera, o tio aproveitou para me fazer a última sabatina antes de ser apresentado a todos os veteranos, e defenestrados camaradas do partido. Eu era apresentado com a introdução quase apologética de ser o jovem sobrinho vindo das terras de Francisco Julião, um erudito conhecedor de trechos do "Manifesto". Além de saber de cor e salteado a letra de umas músicas revolucionárias em espanhol, e a Internacional em pelo menos três idiomas.

Um verdadeiro show de conhecimento. O orgulhoso tio, depois de trocar os cumprimentos e saudações de praxe com os camaradas do partido, abria o jogo num cochicho confidencial. Todo o cuidado era pouco, dizia ele em surdina. A todo momento deveriam ser tomadas as devidas precauções para que nada fosse grampeado.

O tio sabia de fontes fidedignas que alguns membros do partido, com os quais minutos antes trocara apertos de mãos, eram na verdade informantes da polícia. Delatores infames. Porém, na sua ingenuidade, ele acrescentava no mesmo suspiro, ser o dedodurismo dos companheiros uma questão de tempo. Mais cedo ou mais tarde, todos estes traidores se redimiriam diante das verdades ululantes do partido, que traziam a fresca brisa a suflar as velas do barco da história. Creio que se não fosse comunista, o tio seria testemunha de Jeová, capitão no Exército da Salvação ou borboleta de pastoril. Ele nunca quis receber o mundo como realmente é.

Por sorte, o tio foi convocado para as terras dos pés juntos, crédulo e inocente, sem ter que testemunhar a queda da União Soviética e a vitória do capitalismo. Morreu crente de ter contribuído para o bem do povo e com suas próprias mãos posto mais um prego no barco da revolução social. Tudo que não se encaixava na agenda do partido, era na sua abalizada opinião, reacionário, fascista, e decadente. Tio Salomão quando se tratava de política era monótono e repetitivo, declamando um lengalenga capaz de fazer boi dormir.

Mas, quando o assunto era mulher ele recebia o dom das línguas discernindo sobre o assunto com charme e criatividade.

Um verdadeiro entendido no assunto.

A BOATE

A próxima estação obrigatória no *tour* noturno situava-se bem no miolo da Cinelândia. O porteiro do prédio caindo aos pedaços selecionava os novatos, enquanto saudava com uma continência os veteranos que respondiam a saudação com um balançar de cabeça displicente. A saudação era em geral complementada por um toque de mão, com um Santos Dumont dobrado, como se fosse ser posto num porquinho de cerâmica. Apesar do nome "boate Fulliberge" estar escrito com pelo menos cinco erros de ortografia, a obscuridade literária não impedia que o local fosse bem iluminado por projetores de luzes coloridas que corriam pela pista de danças, como nos musicais dos anos cinquenta.

No meio do salão, exímios bailarinos vestidos de terno branco se comprimiam contra as parceiras de salto alto, vestido decotado nos peitos e colado na bunda. Numa dança de salão, o sapato da mulher deve ser alto, e o vestido justo a fim de desenhar a silhueta com todas as curvas e detalhes. É importante deixar transparecer levemente as bordas da calcinha, ou a falta da mesma. Os casais dançavam tangos e boleros, entremeados por uma ou outra música estilo Churrasco de mãe do Teixeirinha.

Ao final da música, muitos cavalheiros agradeciam a dama a honra de ela ter se dignado a dançar com ele, saindo da pista cada um pra sua mesa. Outros pares continuavam juntos em direção da mesa, ou do balcão onde tomavam um chopinho pra refrescar o corpo e esquentar a alma.

Eu olhei em minha volta buscando outro menor de idade do sexo masculino, mas o local era exclusivamente frequentado por homens pra lá dos cinquenta, e mulheres por volta dos trinta. Tirando desta descrição, umas quatorzinhas barulhentas que tomavam Coca-Cola por conta própria, à espera de um cordial convite para um *drink* com teor alcoólico. O tio Salomão passava entre as mesas cumprimentando a todos os inveterados farristas, como se fosse o dono da festa. Verdadeiro anfitrião e patrocinador de toda esta animação.

Pelo aperto de mão e as poucas palavras de saudação, eu já podia decifrar se estava a tratar com um cliente das prestações a longo prazo, um assíduo frequentador da boate, ou secreto membro do partido. Depois de um giro de rastreador pelo salão, com olhos de lince e faro intuitivo de homem livre de dívidas materiais e compromissos morais. O tio, cujo tamanho da dentadura era três números menor que a boca, acendeu mais um cigarro, analisando o "material" novo que chegava continuamente à capital.

ABALIZADA OPINIÃO

Aproximamo-nos do balcão, onde um coqueteleiro de bigodes estilo almirante Tamandaré enchia copos de chope, perguntando por perguntar se o cliente queria com ou sem colarinho.

Tio Salomão, meio sentado na cadeira frente ao balcão, como uma onça pronta pra dar o bote, deu mais uma pitada no cigarro que parecia nunca queimar até o fim. Ele perguntou o que eu achava do mulherio presente. Exatamente como o *barman,* ele também perguntou por perguntar. Sem esperar uma resposta, franzindo a boca, que já descrevi ser maior que a dentadura, me olhou com um olhar cúmplice, bem satisfeito de si mesmo. Perguntou se havia visto algo apetitoso afora as coxinhas de galinha, e os bolinhos de bacalhau expostos dentro da vitrine, no balcão.

Depois de lançar no ar a pergunta sobre a minha abalizada opinião sobre as mulheres em geral, e as da boate em especial, o titio alisou o bolso da calça. Ato sugestivo. Como quem explica silenciosamente, ser eu, o dileto sobrinho-neto, fonte de incomensurável orgulho em visita à capital da república, seu convidado. Todos os gastos e extras decorrentes desta noitada eram por conta do barão. Ou melhor dizendo, por conta do *tavarish*.

Apesar do determinismo histórico, ele me deixava o livre-arbítrio para escolher entre as morenas cor de jambo, loiras oxigenadas e naturais, afora muitas verdadeiras mulatas de pernas compridas e sorriso libidinoso.

A oferta era tanta, que deprimia a constrangedora ideia de saber que qualquer escolha concreta de uma mulher implicava na perda de tantas outras. Pura lei física, pois nenhum chamango pode ocupar duas xerecas ao mesmo tempo. O titio, como a ler meus pensamentos, encarou-me nos olhos. Respirando fundo, soltou no ar a máxima que posteriormente irá ser o motor filosófico da minha vida. – Meu sobrinho querido... Declamou o titio, sabendo que os clarins da história estavam a troar.

– A meta de se encamar todas as mulheres do mundo é nobre, porém impossível de ser concretizada. Apesar da impossibilidade objetiva, existe uma obrigação moral de todo homem que se preza em tentar chegar lá.

O *ethos* com que ele proferiu esta pérola filosófica nunca foi igualado desde então. Por nenhuma verdade temporal ou transcendental até os dias de hoje. Alguns anos mais tarde, meu irmão caçula de visita ao Rio foi levado à mesma boate pelo titio.

Serginho era a antítese do autor destas memórias, no que se refere ao interesse por assuntos políticos.

Tabula rasa. Zero à esquerda. Alienado. Incapaz de diferenciar entre uma escola política e uma escola de samba. Porém, em tudo que se relacionava a mulheres, Serginho sobrepujava em muito no conhecimento e secura o irmão mais velho. Como não havia variantes ou distintas opções, ele também termina frente ao mesmo balcão com a oferta magnânima do tio para que escolhesse quem quisesse ou bem lhe parecesse.

O *brother* deu uma olhada geral, seguido de um meticuloso destrinchamento do mulherio presente. Com o dedo em riste como um "*Tomhawk*" em direção do alvo, o irmão caçula apontou sem timidez pra uma mulher, que os italianos definem como *al dente*. Tio Salomão franziu os olhos, procurando se certificar quem era aquela para quem o sobrinho-neto apontava com tanta segurança. Depois de se certificar que a escolha caíra sobre Tânia, mulher por volta dos trinta, que trabalhava como caixa no bar, o velho comunista balançou a cabeça, falando em tom que não permitia dupla interpretação.

Com esta não camarada. A Tânia é do titio.

TIO JONES

Desde o primeiro momento, saí em defesa da tese que o nome que é dado, ou melhor, imposto ao recém-nascido, muitas vezes não assentam com o caráter do futuro cidadão. Imagine-se um apresentador de televisão com o nome de Sebastião. Ou uma adolescente no internato Santa Gertrudes com o nome de Jezebel. Sebastião vai virar Fernando ou Roberto, e Jezebel, figura bíblica de maldita memória, irá se transformar do momento em que transpassar o portal do internato de moças, em Maria da Saúde ou Leda. Maria da Saúde foi o nome escolhido pela irmã encarregada de receber e rebatizar as novatas. A segunda opção (Leda) foi aventada pela própria aluna que andara lendo às escondidas contos da mitologia grega. Neste tipo de instituição educativa, você pode se chamar Creuza, Fátima, Francisca ou algum outro nome antecedido por Maria. Porém, nunca uma aluna poderá se chamar Cibele, Vanessa ou Vanderléia. Imagine a última sendo chamada pelas colegas no diminutivo. Vandinha, sua vândala. Vanda, sua vadia, ou Vanda, vai dar vai, sua vagabunda...

Jones Zalman Greif, o irmão mais velho de minha mãe, mal completa dezoito anos e se engaja nas forças armadas para fugir do domínio paterno que não conhecia limite de idade.

O velho Greif sempre sustentou a máxima de que "quem come do meu pirão come do meu cinturão". E olha que ele batia com vontade. Em princípio o jovem Greif queria se alistar na Legião Estrangeira. Mas, como a passagem de navio pra França era mais cara que a de ônibus pro quartel da polícia em B.H., o tio, que poderia ter lutado em Dien Bien Phu termina engajado na polícia mineira, armado com um cassetete de borracha, e um apito de metal. Durante a curta, porém brilhante carreira militar, o tio chega ao posto de sargento da PM. Patente nunca igualada por nenhum dos familiares desde então.

A LINHA DO EQUADOR

O nome de Jones Zalman Greif cai bem para gerente de banco, ou dono de concessionária de automóveis, mas é simplesmente incompatível para um sargento que necessita comandar até o mais abestalhado e obtuso dos recrutas.

Todos os subordinados deveriam pronunciar seu nome sem nenhum lapso, dando ênfase no J do Jones e no Z do Zalman. Missão quase impossível para um matuto do interior. A segunda opção era trocar de nome. Com um leve retoque, o sargento J.Z.G. desesperado com as dificuldades causadas pelo seu nome de batismo, adota o pseudônimo de Paulo de Freitas, acrescentando "seu criado às ordens", por cstilo c rcquintc.

Tio Jones foi o primeiro membro da estirpe dos Greifs a nascer no hemisfério sul. Na carteira de identidade de todo cidadão está escrito a data de nascimento, estado civil, sexo, porém o mais importante elemento que irá forjar o caráter do portador da carteira, além do horóscopo, está completamente esquecido.

O lugar exato do nascimento do dito cujo em relação à linha do Equador. Não diria esquecido, e sim propositalmente obliterado, numa tentativa vã de despistar as futuras influências benignas ou nefastas da linha do Equador sobre o caráter do mesmo.

Linha imaginária sem campos minados, polícia de fronteira ou cerca eletrônica. Linha que não separa terras e povos, e sim divide o globo terrestre, entre a missa crioula e a missa em latim.

Linha abstrata entre os que ganham e os que gozam a vida.

Para gozar a vida no hemisfério norte é necessário trabalhar duro. Para gozar a vida no hemisfério sul, não. Basta se ter crédito no boteco da esquina, e uma mucama (mulher boa de mesa e cama) pra fazer cafuné.

O hemisfério sul é lugar onde nada é absoluto ou definitivo. Os pobres, apesar de infinitamente pobres, são livres. Pois não se pode tirar algo de quem nada tem. Ao contrário dos prédios de luxo, nas favelas não existe muro nem grade. Nada se perde, nada se rouba, tudo se encontra. Manda quem pode. Obedece quem tem juízo. Os ricos são incomensuravelmente ricos. Para defender esta riqueza, eles vivem em prisões voluntárias cercados de vigias armados, arame farpado e cerca elétrica indicando a voltagem dos fios. Os pobres e os ricos não usam jóias. Os pobres porque não podem comprar e os ricos porque têm medo de usar.

As estações do ano no hemisfério sul não são bem definidas. Chove no verão e durante o inverno bate um sol abrasador.

Sol capaz de esturricar qualquer vagabunda deitada seminua à beira-mar na praia do Pina ou Timbaú do Sul. Nada abaixo da linha do Equador é realmente profissional como diz o meu amigo Carlos. "Os traficantes são viciados, os donos de bares bêbados, os cafetões se apaixonam e as prostitutas gozam."

O mesmo se pode dizer das leis de trânsito. O vermelho dos semáforos não são ultimativos, sendo considerados no máximo como uma sugestão amistosa de se frear o carro. Tudo isso sem falar nas normas de moral de uma maleabilidade invejável.

Se você duvida sobre a última destas premissas, é só imaginar o que falam as pudicas senhoras no confessionário da igreja a 220 quilômetros da paróquia frequentada pela beata no dia-a-dia.

Ou melhor: buscar na agenda de qualquer cirurgião plástico, o número de meninos batizados com o nome de Pedro, João e José que estão a fazer o *trottoir* na avenida em frente ao Amarelinho da Glória. Todos devidamente lipoesculpidos depois de terem deletado os órgãos genitais, siliconado os peitos, a bunda e o culote, deixando o pomo de Adão como único vestígio da antiga identidade.

O poeta diz que não existe pecado abaixo da linha do Equador, e o tio Jones no seu viver exemplificou plenamente o dito em toda sua exuberância e plenitude.

TEORIAS SOBRE A VIRGINDADE

O nascimento de um primogênito do sexo masculino veio reforçar as teorias esotéricas do meu avô materno. Ele afirmava com a mais plena convicção ser o parto de filho primogênito homem sinal de virgindade por parte da noiva na noite de núpcias.

Teoria sem fundamentos científicos, porém verdadeira.

Verdade empírica comprovada pela esposa, filhas, nora, netas e bisnetas. Cada um dos membros contribuiu à sua maneira no fortalecimento da teoria com raízes numa aldeia na fronteira entre a Rumânia e a Hungria, e ramificações no Brasil, Venezuela e Terra Santa. As dúvidas que ainda restavam sobre o *link* entre virgindade e primogênito varão desapareceram com o nascimento de um par de gêmeas univitelinas. A mãe das gêmeas era minha prima Geni (a do bolo de aniversário). Neta meio transviada ou, melhor dizendo, uma profetisa da futura libertinagem que iria consumir como *esh zara* a toda terceira geração da família.

Liberdade total e absoluta. Onde a troca de parceiros e os ajuntamentos pré-matrimoniais se tornaram triviais como feijão com arroz, e mais públicos que mictório de metrô.

Toda esta luxúria das netas e bisnetas irá deixar as mulheres da primeira e segunda geração se consumirem no ciúme e na inveja por terem passado a vida em brancas nuvens.

REFLEXÕES SOBRE O BEM E O MAL

A maturidade, sem contar as dores reumáticas, perda dos cabelos e do tesão, melhora a capacidade analítica do homem, trazendo o discernimento entre o bem e o mal. Ou melhor dizendo, o conhecimento de que o bem não é exatamente o bem, e o mal não é precisamente o mal, porém uma mescla em distintas proporções. Como magia negra, alquimia ou simples ilusão.

Com os mesmos elementos você pode criar diferentes produtos, mudando somente as cores e as medidas. Em todo mal existe uma pitada de bem e vice-versa, sendo o bem, na verdade, um mal imperfeito. Uma fracassada tentativa de ludibriar o próximo, que interrompida a meio caminho se torna de bondoso parecer, apesar de todos sabermos que as aparências enganam. Portanto, eu afirmo ser todo parecer moral, ilusório como miragem no deserto, e maleável como a palavra nas mãos do poeta. O grande problema é como descrever fatos que exigem julgamento moral com os complicados elementos do bem e do mal. Apesar das dificuldades, é importante se delimitar às fronteiras. Pois sem fronteiras você começa falando do bem e do mal, normativo e moral, e termina falando da picanha "bem ou mal passada" na churrascaria da esquina. Portanto, nada melhor que um fato concreto para julgarmos se o bem é bem e o mal é mal.

O TAMBOCO

Já se passaram mais de quatro décadas do dia ensolarado e morno em que toda vizinhança tomou conhecimento do ocorrido com a filha de dona Elvira. A moça bonita e faceira morava com sua mãe num casebre situado por trás do barzinho na rua Evaristo Raposo. Fato completamente incolor e amorfo comparado com as notícias atuais de assaltos à mão armada, curras e sequestros.

A jovem Rosângela, que ainda não completara vinte e um anos, havia sido destambocada, segundo sua mãe, pelo namorado com o uso impróprio de uma caneta Parker. Se é que ainda lembro-me das aulas de gramática, ditadas pelo professor Valentim, Rosângela é o sujeito. Destambocada, o verbo no tempo passado, e a caneta Parker, o predicado. Imagino que o fato de a mãe da destambocada frisar a marca da caneta deve ter alguma importância no desenrolar dos fatos. Já que deve ser bem menos dolorido e vergonhoso ser desvirginada por uma caneta tinteiro comprada dentro de um estojo de veludo, que ver o hímen transpassado por uma caneta balográfica comprada em caixa de doze num tabuleiro de camelô na rua do Rangel.

A velha mãe exigia um casamento às pressas. Apesar de ninguém engravidar de uma caneta, o rapaz havia feito mal à sua filha.

Os prós e os contras foram postos na balança.

Os mais tradicionalistas entre os vizinhos definiram o ato como indevido e vergonhoso. O rapaz era um verdadeiro crápula.

Sem dúvida ele fizera mal, desonrando a moça, que além de ser pobre era órfã de pai. Outros residentes na mesma rua viam o ocorrido de forma distinta. Petulantes, gozadores e liberais, entre eles o autor destas memórias, afirmaram ter o rapaz feito bem à moça, livrando-a dos grilhões do puritanismo vigente no bairro da Madalena. É claro que todo este comportamento moralista ou depravado nada tinha a ver com o nome do bairro que homenageava a santa mais formosa do panteão eclesiástico.

A dúvida se fulaninho fez bem ou mal à cicraninha no caso específico, ou na sua ampla generalidade, se tornou desde então assunto de meu interesse. Esta abordagem dialética passou a partir daquele dia a ser meu prato predileto no campo intelectual.

No prato concreto do dia-a-dia continuo fiel à picanha com farofa de ovo e maionese de batata. A dúvida, ou melhor, a certeza, é de que não existe o bem e o mal ultimativo e isolado de outros valores. É necessário algum adjetivo que venha complementar a ideia primária, pois o bem pra fulaninho, pode ser o mal para cicraninho, ou vice-versa.

Tudo é relativo. Até a morte não é absoluta e terminal.

Você morre e todos ficam na incerteza se a alma foi pro céu, pro inferno ou, Deus me livre, para o purgatório.

O GERENTE

Voltemos ao tio Jones. Depois de algumas tentativas calamitosas de ganhar dinheiro como *copywriter* em uma agência de publicidade com o nome de Pégasus, banca de jornal num beco sem saída, bomba de gasolina no pé da ponte Velha, e venda de biscoitos manufaturados nos fundos da casa, o tio encontrou a sombra da figueira e a fonte de águas frescas como gerente de uma próspera rede de lojas de roupas. Trabalho com salário garantido no fim de cada mês, com paletó e gravata, afora algumas outras mordomias menores.

Para completar o cenário quase dionisíaco, o tio vivia cercado por dezenas de comerciárias que sofriam de *deficit* monetário nos bolsos, e um *superavit* nas glândulas hormonais. Como um pavão, ou melhor dizendo, um galo solto no terreiro, o fogoso gerente estava sempre a correr entre o caixa e o tabuleiro da frente onde se amontoavam as mercadorias destinadas a serem queimadas a qualquer preço, sempre contente, travando um papo legal com clientes e funcionárias. Nunca faltava uma palavra amistosa para as caixas e balconistas, acompanhadas de um alisado paternal na mais ampla expressão da palavra. O tio era honesto e trabalhador, porém o que mais chamava a atenção no seu trabalho de gerente era a fidelidade incondicional para com o patrão.

DIVAGAÇÕES SOBRE O AMOR

Depois de alguns anos em terras distantes, voltei à mãe-pátria em busca do amor ultimativo. Era primavera, e o cheiro do capim verde havia aberto o apetite do burro velho que deixou tudo de lado, e partiu em busca da mulher amada. Mulher com M maiúsculo, ou melhor dizendo, adolescente esplendorosa.

Por detrás do corpo de mulher, e da pujante sutilidade intelectual que até hoje me dão arrepios, se escondia uma adolescente fantasiada de *femme fatale*. Como ela se encontrava de férias escolares, resolvemos viajar para o Norte. Juntamos um par de calções, uma escova de dentes usada em comum, três cuecas, e partimos de semileito em direção ao Recife.

A Môni, charmosa e cheirosa com o viço dos dezoito anos, havia amadurecido nos últimos meses em que o Atlântico nos separava. Meses em que a saudade mordia o coração e comia o fígado do amante em terras distantes, como se fosse ele o próprio Prometeus. Imagino que você deve estar a duvidar do que estou a afirmar. Apesar do estilo rendado e do exagero semântico, os fatos e os detalhes são todos verdadeiros.

Imagino que a maioria dos leitores terá dúvida na descrição dos eventos por inveja ou ignorância. Afinal de contas, não é fácil imaginar o vulcão de uma paixão impetuosa nos outros, quando você nunca foi além do calor morninho de uma churrasqueira no quintal do relacionamento amoroso.

Todos os leitores que realmente nunca amaram um amor holista, nem curtiram o desespero de uma despedida sem volta, é claro que irão duvidar do que acabo de contar e do que ainda contarei. A maioria dos mortais escreve o diário amoroso com frases lacônicas, sem pontos de exclamação, interrogação, adjetivos, superlativos, nem erros de ortografia. Tudo certinho. Vida amorosa escrita em letras minúsculas, no teclado de um computador.

Para mim isto não tem valor. Acredito que tudo sobre o amor tem que ser escrito em letras maiúsculas e garrafais. Escritas à mão, caneta tinteiro com pena de ouro e mata-borrão, pois para se amar um grande amor o homem precisa estar disposto a se arriscar. Ele tem que ser capaz de apostar a casa num jogo de tranca. Usar a mulher em vez de fichinha no pôquer, e brincar de roleta-russa com cinco balas no tambor. Só o homem apaixonado é capaz de atos dramáticos como dar um salto mortal do terceiro trampolim, sem antes verificar se a piscina está vazia. Ou assinar um cheque em branco pra caixinha da igreja Universal. Na primeira opção, você tem cinquenta por cento de chance de a piscina estar cheia. Na segunda não. Lembre-se que o amor ultimativo é a vitória do irracional. Ele nos dá a certeza que vamos ganhar o grande prêmio da loteria sem termos comprado nem um bilhete sequer. O homem apaixonado perde a capacidade de medir e julgar. Ele sente mais prazer em comer iogurte morno com garfo de plástico na casa da amante, que um estrogonofe à luz de velas na casa da legítima, pois o amor não tem lógica. Na contabilidade amorosa, dois mais dois pode ser cinco ou três, nunca quatro. Quatro é número de homem calculista, não de homem apaixonado. Ou melhor dizendo, o amor tem lógica, só que ela não provém do racional e sim do abdômen. Nada pode ser mais humano que um apagão no cérebro e um frio na barriga. Se não fosse assim, como explicar a mulher que deixa o marido trabalhador, fiel e bem de vida, para ir viver com um cafajeste, pé-rapado e galinha?

Ou marido que deixa a ditosa esposa e virtuosa mãe dos filhos por uma quenga qualquer?

É que tanto o homem como a mulher curtem a síndrome do equilibrista. Tanto ele como ela querem queimar adrenalina na corda bamba a vinte metros do solo sem rede de segurança.

Cada passo pode levá-los ao pódium da glória, ou à mesa do patologista, pois o ser humano gosta do incerto. Nada como a falta de sentido no relacionamento do casal para criar uma instabilidade saudável, pois no amor a estabilidade é a mãe do tédio, que é a primeira pá de terra sobre o casamento feliz. Para casamento infeliz você não precisa nem usar a pá. Ele afunda sozinho como uma estaca de ferro em areia movediça. Portanto, preste atenção no que eu ainda tenho pra dizer sobre o amor, apesar deste verbo ter sido mais estudado, manuseado e dissecado do que cadáver de indigente nas mãos de terceiranistas de medicina. Quero afirmar ser mais fácil para um homem apaixonado construir uma ponte entre o Rio e Tel-Aviv em 12 meses, que construir uma ponte sobre os 12 meses de separação entre Tel-Aviv e o Rio de Janeiro.

Os meses de separação foram tempo suficiente para transformar o rosto da lolita curiosa em mulher conhecedora de si mesma.

De mim, e de outros também. Tudo isto eu vejo hoje, com a perspectiva que só a distância permite ver, pois a proximidade cega. A distância dos vinte e oito aos cinquenta e três anos não é um período a mais na vida do cidadão. Este é o tempo suficiente para a comemoração das bodas de prata virtuais do casamento nunca concretizado. Período ideal para se perder os cabelos, e aderir trinta quilos às coxas, barriga e bunda.

Sentir a PVC (porra da velhice chegando) em toda sua plenitude é irremediável fatalidade, ou serão os laivos da maturidade pacata vencendo os arroubos juvenis?

NOVAS LIÇÕES

Aqueles foram, sem dúvida, bons tempos para se aprender novas lições, pois é vivendo que se aprende. E ao que tudo indica eu tinha muito o que aprender. O primordial é saber que nada é absoluto e definitivo. Ou seja, tudo é relativo e passageiro.

O tempo pode apagar paixões e ódios, ou multiplicá-los geometricamente, ao contrário das distâncias. Estas sublimam os ódios e enaltecem as paixões. O ódio para viver necessita da proximidade. Todos os dias ele tem que receber uma palavra abusiva, um olhar de desprezo ou chatice qualquer para se manter vivo e crescer. As paixões, ao contrário do ódio, crescem na solidão.

A distância aproxima, e a proximidade afasta, pois assim falou o poeta. "Quando um oceano nos separava eu sentia a tua mão sobre a minha. Agora que minha mão está sobre a tua, sinto como se houvesse um oceano entre nós". O apaixonado para viver uma paixão não necessita de absolutamente nada além da imaginação. Porque na distância o outro é o que nós acreditamos que ele seja, ao contrário da presença concreta, onde ele é o que ele é. E ele nunca é o que nós gostaríamos que ele fosse. Portanto, a proximidade é inoportuna como um arroto gutural num concerto de flauta doce, ou um peido silencioso no velório do patrão. À distância, o arroto soa como o estalo de um beijo, e o peido cheira alfazema. É sempre bom lembrar que a separação traz um suspiro de alívio e de saudade também. Que a mão que afaga é a mesma que apedreja, e que a recíproca nem sempre é verdadeira, sendo o convívio diário nefasto e banal. É isso meu amigo. Nunca um amor nas Laranjeiras será como uma transa num laranjal. Uma paixão intercontinental não será como um amor local, nem comer o *couvert* do "La mole" será como provar da fruta proibida no jardim do Éden.

Pois ninguém continua a pisar nos cimos do Everest embevecido pelos ácidos alucinógenos do amor quando se tem que colocar todas as noites o lixo num saco plástico furado e pingando no chão.

Ou você acha que foi por um acaso que Shakespeare matou Romeu e Julieta antes de o amor ser consumado?

O grande dramaturgo inglês sabia que a consumação consome, e a vida conjugal mata por sufoco qualquer suspiro de paixão.

O relacionamento do casal, no momento em que se estabiliza, baixa dos cimos do Himalaia às praias de Kumeran.

O calor do Hamsin se transforma em brisa morna, e até Lilit a mulher demônio, depois de casada se transforma em zelosa dona de casa do tipo que entra na cama conjugal sem tirar o sutiã.

Tudo passa a ser banal, sendo o trivial dos casados, o enaltecimento dos sentidos primários.

Ruídos do ronco diante da televisão eternamente acesa, e cheiros conhecidos da comida caseira ou do *fortzale* desacompanhado de um tímido perdão.

O ronco, o cheiro e o gosto agem como elemento catalisador sobre o casal, criando uma dependência simbiótica. Tanto ele como ela necessitam das falhas do parceiro, para justificarem as falhas próprias. Parte da inércia existencial na vida diária dos cônjuges mesmo antes de terminarem a lua-de-mel, pois a lua-de-mel é o promo de um filme cuja primeira cena nada tem a ver com o final. No dia-a-dia, a poltrona em frente da televisão é o trono senhorial. O controle remoto, o cetro real. O gato capado, a odalisca do Sultão. Cercado de palitos mastigados, restos da maçã em cima da mesa de centro, e pelo menos meia dúzia de bagos de cigarros apagados indevidamente no copo de café.

Todos estes sinais são deixados propositalmente pelo marido como os cães que urinam demarcando a área de domínio, enquanto a esposa faz questão de deixar a calcinha de molho na pia onde o marido escova os dentes. No convívio corriqueiro, o marido esquece das boas maneiras arrotando em público. "Eu arroto, logo existo." Mulher também arrota, mas com constrangimento. O tímido arroto da esposa vem sempre acompanhado de um delicado perdão.

COMO O INCENSO NO ALTAR

Nada, porém, irrita mais a esposa ou a companheira de vida que os inexplicáveis atrasos do marido ou do amante embuçado na cama de uma "outra qualquer". Estou usando o termo "outra qualquer" no sentido literário abstrato, pois a vida concreta traz grandes surpresas, e vez por outra a "outra" recebe *up grade*, e a legítima é posta para escanteio. Neste caso, a esposa se afasta e a outra se aproxima. O que nenhum dos protagonistas sabe, é que a proximidade sufoca, enquanto a distância tem um charme especial. A falta de alguém serve de combustível para a saudade que queima as más lembranças, e acende o fogo da paixão. Paixão verdadeira ou não, pois na era do computador tudo passou a ser virtual. A comida não engorda. O vinho não embebeda, o fogo não queima e a transa não engravida. Com uma simples pressão, nós criamos ilusões computadorizadas. Você aperta *save* ou *delete* para acender o fogo da paixão virtual, já que na realidade nunca temos acesso no momento certo ao botão que regula o nível da adrenalina e do tesão. Mais difícil que acender a centelha do amor, é apagá-la no momento certo. Antes de a úlcera comer as entranhas, fígado e coração do homem enamorado, pois o amor queima até se autoconsumir, como o incenso no altar da vida se transformando em cinzas, cheiro e fumaça.

TRAQUINAGEM JUVENIL

Nestes meses de separação, Môni havia perdido o deslumbre da puberdade, porém em nada havia mudado o sorriso eterno pendurado no canto da boca, nem o brilho dos olhos negros emoldurados por uma opulenta juba loira. Às vezes ela organizava umas tranças provocativas, como a lembrar o seu direito etário a uma ou outra traquinagem juvenil. Mônica foi, sem dúvidas, o grande e ultimativo amor da minha vida. Ela me acompanhou ao Norte curtindo antecipadamente a lua-de-mel do planejado casamento com recepção no Beco da Fome. Naquela época, o casamento ainda era parte dos planos concretos antes de se desmancharem na asfamia como tantos outros planos mais.

O casamento nunca consumado se tornou eterno, do momento em que se fez impossível.

Anos depois, num apartamento bem arrumado em Tel-Aviv, escutei a voz da sabedoria. Tova, mulher pra lá dos trinta, inteligente e com intenções matrimoniais me disse ser Môni a desculpa que me permitia amar o amor descomprometido. Já que amar a uma mulher virtual é bem mais simples que uma mulher real, pois o amor só é sublime todo o tempo em que ele é sublimado. Exatamente como os caminhos ideais são os caminhos nunca trilhados, porque o sublime perde o encanto quando se torna real, e as estradas da vida não conduzem aos ermos celestiais e sim às quintas dos infernos.

OI LINDA

Diga-se em meu favor que, como bênção divina que os ateus chamam pelo nome pouco charmoso de *in nato*, recebi o dom de neutralizar os amores eternos nos momentos temporais.

Jamais troquei o nome da parceira do dia pela do dia anterior.

Da esposa pela amante ou vice-versa. Apesar de muitas vezes usar um diminutivo generalizado como amorzinho, lili ou flor da madrugada, que permitem ao homem temeroso sempre estar *on the safe side of the life.* Desde a invenção do telefone celular, "Oi linda" serve para abrir a conversação com todas as potenciais chamantes, até que você as possa identificar pelo nome próprio. Importante lembrar que não existe nada que irrite mais a parceira que ser confundida com uma outra qualquer. Ou pior, com uma outra que ela sabe quem é.

Apesar da multiplicidade amorosa, posso afirmar com toda integridade que eu acredito sempre ter estado cem por cento presente de corpo e alma com a mulher no determinado momento.

Mesmo que a ausente a superasse em beleza, inteligência e amor.

A propósito de amor, muitos pensam ser ele *in nato* ao ser humano como a fome, o frio ou a dor. Por experiência própria digo que não. O amor tem que ser treinado e cultivado, apesar de existir uma semente dele em todos nós. Todos temos paladar, olfato, tato, audição e visão, porém nem todos sabemos apreciar os bons vinhos, ouvir um chorinho, e segurar as ancas de R.M. como devem ser seguradas. Se faz necessário cultivar cada um dos sentidos, pois o vinho pode parecer travoso, inodoro e turvo, se não aprendemos a degustá-lo como deve ser degustado. Com todos os charmes e requintes.

O mesmo com o amor. Ele tem que ser curtido nas nuances, pois amar um amor sem olhar nos olhos, beijar na boca, alisar os peitos, dar um cheiro no cangote e um sussurro no ouvido é como beber um bom vinho numa xícara de chá, sentado na garupa de uma Lambreta. O vinho necessita da taça, e do chique de um restaurante ou de um bar. A Coca-Cola não. A Coca vai bem com um hambúrguer num prato descartável... Ou simplesmente desacompanhado de paladares concorrentes. Tanto a taça de vinho como a garrafa de Coca-Cola devem vir acompanhados da companheira certa.

Tenha muito cuidado para não tomar a bebida errada com a mulher certa. Ou pior, a bebida certa com a mulher errada. Na primeira hipótese ela não te perdoará. Na segunda, você não irá se perdoar. Lembre-se que depois da segunda garrafa não existem mulheres erradas. E quando se volta à lucidez às vezes já é demasiado tarde para consertar o erro. Da mesma maneira que é proibido dirigir bêbado, devia ser proibido se namorar também. Sempre fui maleável para com a mulher que se encontra ao meu lado, ou melhor, por baixo ou por cima de mim, pois sobre os posicionamentos sempre fui manso, me adaptando às predileções, ou até mesmo pequenas taras das parceiras.

Apesar de me achar professor nas ciências da vida, creio que pisei na bola quando me deparei cara a cara com a mulher ninfeta que dizia tudo sem proferir uma só palavra. Estes foram tempos difíceis, em que o amante recém-chegado ao Rio de Janeiro recebe da aluna uma aula prática monumental sobre os atropelos existenciais, pois a vida não é um piquenique não.

O COMEÇO

Tudo começa quando um projeto de mulher aterrissa como um bólido na cama do "diretor educativo" de um pacífico internato instalado entre os laranjais do Sharon.

Ou, sendo mais preciso, pois a precisão e as minúcias criam uma credibilidade que faltam às histórias adornadas e recauchutadas pelo contista temeroso de que a realidade seja monótona e aborrecida. Na verdade, a ninfeta não aterrissa na cama, e sim no colchão jogado no canto do quarto bem embaixo da janela. Naquela época, eu ainda não havia sido contagiado pelo vírus do colecionismo, e me sentia satisfeito em minimizar minhas necessidades materiais que se restringiam a um toca-discos, um colchão de solteiro, e uma cadela pointer chamada Riki.

Cadela simpática e inteligente, com IQ de uma loura mediana.

Se alguém acredita em reencarnação, não há dúvida que na vida anterior "Riki" foi gueixa no Japão, ou menina de programa no Recife. Mesmo mulheres experientes com mais horas de cama que urubu de voo, desavergonhadas e petulantes, pediam com voz de falsete para retirá-la do recinto. A presença da cadela deixava as mocinhas tímidas e constrangidas. Não era nada fácil para elas encararem o olhar cínico da canina, quando depois de um beijo e dois alisados, a visitante se punha nua no quarto. Riki latia nervosa balançando o rabo como a dar uma ou outra dica sobre as predileções do patrão. Afora as tímidas debutantes, o quarto era também frequentado por mulheres que se sentiam donas da situação. Algumas delas exigiam a expulsão da cachorrinha com um ultimato de "ou eu ou ela". Estas sempre foram excelentes ocasiões de se pôr fim a romances que desde há muito haviam perdido o encanto do mistério.

O colchão havia sido propositalmente posto embaixo da janela, permitindo ao facho de lua se derramar através das cortinas entreabertas, testemunhando os afagos e carícias trocados naquela e em muitas outras noites mais. Escalamos a torre de Babel, e tocamos no céu. Atravessamos juntos os vales da vida, onde as almas se mesclam de tal maneira que, apesar da claridade e evidência dos fatos, é difícil recordar com precisão se era ela ou se era eu.

Não sei se existe uma razão em se recordar eventos que já perderam o colorido, pois nada começa igual, e nada termina de forma diferente. O que muda são as cores. Tudo começa azul, verde, amarelo ou escarlate e termina cinza. A única diferença está na tonalidade. Cinza claro ou cinza escuro.

Que importa quem foi dono do primeiro passo concreto?

O amor é como um jogo de buraco com as cartas abertas sobre a mesa. Você finge que tem o coringa, e ela apesar de ver todas as tuas cartas, finge acreditar. A paixão paralisa a capacidade crítica do indivíduo. Quem ama a feia, inteligente lhe parece, pois ninguém é tão cretino de achar uma feia bonita. Meu primo Rubens afirma não existir mulher feia, e sim homem que não bebeu bastante. Nestas situações embaraçosas, o inesperado e muitas vezes surpreendente são os outros, ou melhor, a forma como os outros passam a te encarar. Afinal de contas, não é todo dia que um mestre põe na prática os sonhos de todo o corpo docente enaltecendo a educação básica e primária de amar o próximo pondo o próximo o mais próximo possível.

Aguçando os sentidos dos pupilos, ou melhor, das pupilas, é claro que o relacionamento proibido em nível institucional levou algumas semanas no jogo do esconde-esconde, com todos os cuidados e precauções necessárias. Depois de umas tímidas semanas às escondidas, passamos ao estágio do namoro em público. Seja na cadeira de balanço do terraço ou na praia de nudistas de Gaash.

Praia boa de se fazer amor à milanesa, usando a areia fina como farinha de rosca.

AFASTA DE MIM ESTE CÁLICE

Chegamos ao Recife direto para casa da avó paterna que vivia no pacato bairro da Madalena. Vovó Florinha, depois de servir água mineral com gás para os recém-chegados, se pôs com um ar sério como se fora membro da guarda suíça do Vaticano a observar a noiva. Ela havia preparado no capricho alfombras separadas como manda o figurino. Os noivos deveriam permanecer hermeticamente separados até a legalização do casamento perante Deus e os homens. Não seria a minha pudica avó, que iria permitir acasalamentos pecaminosos em sua casa. O próximo passo dado pelo jovem casal, depois de comer um pão-doce com caldo de cana no mercado situado na esquina, foi a apresentação da noiva para a família do potencial cônjuge.

É importante ressaltar o fato que por estes tempos eu estava a beber o cálice da amargura, tentando afogar a dor de corno que me comia a alma desde a chegada ao Rio de Janeiro.

O problema da mulher não são as bobeiras que ela faz, e sim as bobeiras que ela conta em arroubos de desnecessária sinceridade.

Elas desconhecem as distintas medidas usadas pelos homens no julgamento dos deslizes próprios e alheios. "Faça o que eu digo, não faça o que eu faço", sempre foi a luz que iluminou meus caminhos em direção ao céu ou ao inferno.

Portanto, minha prezada leitora, trepe à vontade, porém de boca calada, pois em "boca fechada não entra mosca".

Escute o que tem a dizer minha sábia amiga Elza Contipelli, mulher conhecedora do assunto. Ela afirma com segurança de mestra ser a xoxota que nem xícara de chá. Lavou, tá nova.

Num destes arroubos de sinceridade desnecessários, em que a mulher tenta deixar tudo do passado pré-matrimonial a limpo, a Mônì botou a boca no trombone. Depois de escutar sobre as transinhas triviais que o noivo havia tido durante os meses na espera do reencontro, ela resolve contar sobre as transinhas descomprometidas que sem muito tino, ela havia tido durante os meses a minha espera. O relato confissão veio com os detalhes e pormenores sobre os parceiros que consolaram a mulher amada durante a minha ausência.

Apesar de esquerdista e liberal, devo reconhecer que dor de corno é foda com "ph" de pharmácia, dois "o" de coordenação dois "d" de toddy, e dois "a" de caatinga.

A APRESENTAÇÃO DA NOIVA

Fusquinha zero quilômetro, misto-quente, e aguardente Pitu não necessitam de nenhuma apresentação especial, pois todos os dados são do conhecimento geral. Ao contrário da namorada que recebe *up grade* para noiva com bilhete de entrada no exclusivo clube familiar, ela tem que ser apresentada aos parentes próximos e distantes numa festinha íntima, ou num chá das cinco onde as velhas matronas da família interrogarão a recém-chegada sobre os dotes culinários e monetários na sua bagagem pessoal.

É claro que este esquema não caía bem nem para mim, e muito menos para Mônì. Nada de introduções cretinas.

Este tipo de festinha era incompatível com o caráter pseudoboêmio do noivo, e creio que da noiva também.

A primeira apresentação após a visita obrigatória à casa da avó paterna, onde ficamos hospedados, foi ao tio Jones, gerente de um grande magazine de roupas populares na rua da Imperatriz.

Depois de tantos anos, não posso garantir que tudo que me vem à cabeça no dia de hoje se deu na ordem descrita, pois nem mesmo me lembro de quem foi a ideia genial de pôr o tio em tentação.

Apesar da dúvida, e da vontade de autoglorificar-me com os lauréis da originalidade, creio que a ideia foi dela.

Môni quando franzia os olhos tinha cara de menina treloza, e quando os abria, pasma como se houvesse visto um fantasma, tinha cara de matuto em visita à capital.

Enquanto eu fiquei de longe espiando as prateleiras cheias de roupas, Môni entrou loja adentro como quem não quer nada.

A loira de minissaia, com a calcinha cortando a metade da bunda, e uma combinação de cetim servindo de blusa, foi logo perguntando à primeira balconista pelo gerente da loja.

Ela não precisou repetir a pergunta. O ex-sargento da polícia militar, que em outros tempos se apresentava como Paulo de Freitas, percebeu de longe a mulher charmosa que estava a sua procura.

Puxando a camisa pra dentro das calças, mais alegre que secretária do lar premiada na rifa da igreja com uma máquina de costura Singer. Poderia citar outros prêmios, afinal de contas estamos falando de sorte, e a sorte é cega. Cega, porém de bom senso.

Ela (a sorte) não vai deixar cair nas mãos de uma doméstica um carro zerinho ou um flat à beira-mar. Sorte de pobre é limitada.

No máximo uma máquina de costura com motor, em vez de pedal.

A sorte ri para o pobre de maneira mesquinha e comedida, ao contrário do azar que distribui suas prendas de mão aberta e com fartura.

FIDELIDADE TOTAL

O tio abandonou de imediato seus afazeres perenes, já que gerente não é trabalho e sim vocação. Tratava de ser todo ouvidos e interesse para com a jovem recém-chegada do Sul em busca de trabalho e um cantinho para dormir.

– Em que posso lhe servir? Perguntou por perguntar, engolindo a saliva, e sem esperar a resposta apressou-se em rebocá-la para o escritório. Era importante isolar a papa-fina de qualquer maluco que resolvesse tentar a sorte. Môni entra no escritório, e sem muita cerimônia se derrama na poltrona, cruzando as pernas coroadas por um sorriso de orelha a orelha. Ela repete a lengalenga do emprego e do quarto pra dormir, aos atentos ouvidos e olhos hipnotizados do gerente com bigode de malandro carioca. Apesar da vontade, o tio usa o último dos freios diante de toda aquela tentação. Vidrado no rego dos peitos bem desenhados da ninfeta carioca, com a mão firme e a voz trêmula, o fiel gerente (fiel ao patrão) levanta o telefone e comunica ao grego da necessidade premente de sua presença na loja. Neste meio tempo, eu que até então observava de longe o desenvolvimento do drama, entro de supetão no escritório situado bem nos fundos do magazine.

Sem muito embaraço, puxo um papo com aquela linda louraça que se põe ainda mais sensual e sedutora. O tio engole em seco. Arrastando-me de lado, sem piscar o olho, ele comunica baixinho ser esta a noiva do patrão.

– Noiva? Eu perguntei, fazendo cara de quem não estava a acreditar nos dizeres do tio.

– É, respondeu ele veemente. – Noiva de verdade. Repetiu o tio com a maior cara-de-pau. Só para me certificar que estávamos a falar da mesma mulher, perguntei há quanto tempo o grego era noivo da lolita risonha. Para mais de dois anos, respondeu o tio, me prevenindo que não ousasse nem de brincadeira tentar a minha sorte. O grego e a loirinha já estavam com data de casamento marcada. Não somente a data estava marcada, como ainda acrescentou que havia sido escolhido pra servir de padrinho do casamento. É necessário salientar que o tio me conta todas estas mentiras sem nem uma ponta de remorso no canto do olho, ou algum leve tique-nervoso no canto da boca. Com a chegada apressada do Grego resolvi pôr fim na brincadeira.

Para deixar bem claro de quem era a louríssima derramada na poltrona, dei um beijo de bico na Môni para tirar toda e qualquer dúvida, deixando o tio de boca mole, e o grego de pau duro. Aproveitei a ocasião para apresentar oficialmente a tão decantada noiva. Confesso que não pude deixar de admirar o altruísmo com que o empregado abrira mão de tão bela mulher em favor do patrão. De supetão, o tio pôs de água abaixo a teoria marxista da luta de classes e interesses contraditórios.

Saímos da loja de mãos dadas cantarolando baixinho *"les feuilles mortes se ra mast a la pale..."*

A LEGÍTIMA

Existem números que extrapolam a realidade concreta adquirindo conotações que transcendem o valor aritmético. Números que se transformam em ideia filosófica, metáfora ou adjetivo.

Exemplos não faltam. O número quarenta no contexto bíblico representa o ciclo da vida. Quarenta anos haveria paz sobre a Terra, profetizou o profeta Isaías, e até o periquito importado é deixado na alfândega de quarentena. O número dez representa sucesso e qualidade. O zero significa nulidade. Algo sem valor. Imagine você, alguém definindo o genro como um zero à esquerda. Sessenta e nove, desde meados do século passado passou a definir posição sexual, e trinta e três, entre outros simbolismos, é o mais alto grau dentro da maçonaria. Poderia continuar a citar outros números tipológicos, porém não creio ser necessário. Achei imprescindível esta introdução numerológica para tentar explicar a razão consciente ou não, de aos trinta e cinco anos ter o autor destas linhas voluntariamente caminhado com seus próprios pés para baixo da "*hupa*". Depois de quebrar o copo (em memória do templo destruído) e pôr a aliança no dedo da namorada, levantei o véu e beijei a noiva que passou do *status* de mulher amada para o de mulher legítima.

O romance com Viviane teve começo no Alto da Sé, em Olinda. Nos dias em que os santos entram em estado de recessão, e a água benta se transforma em aguardente.

Os sinos, nos campanário das igrejas centenárias se calam, diante do repicar dos pandeiros, bumbos e cuícas, nas procissões espontâneas organizadas pelos foliões dos blocos de rua.

Apesar de nos bares improvisados (pois toda janela que dá pra rua em Olinda se transforma em barzinho de carnaval) haver tantos estrangeiros vindos de terras distantes ou do sul do país, a minha mesa de bar sempre chamou a atenção pela meia dúzia de latinhas de guaraná, e nenhuma garrafa de cerveja. Abstêmio no carnaval de Olinda é como evangélico acompanhando procissão da Virgem em Aparecida do Norte. Existe, mas sem dúvida é peça rara.

ARIGATÔ

Por esses tempos já havia começado a me recuperar dos dolorosos chifres postos pela Môni, com a ajuda de uma japonesa entendida em pontes, viadutos e Artes Marciais.

Yokoshan, como tantas outras, tenta dar um ipon no meu estado civil. Não sei por que razão tantas mulheres creiam que eu seja um bom candidato ao posto de marido. Na verdade, a única namorada que percebeu o potencial negativo no caráter do namorado foi a Viviane, com quem estou casado há mais de 18 anos.

Segundo Elizabeth, a condessa de Petricon, Viviane é uma verdadeira santa. A aristocrata com pedigree de nobreza e castelo na Córsega afirma que só pelo fato de viver comigo na Terra, ela já ganhou de letra o reino celestial. Pois o paraíso não se ganha com alegria e vida mansa, e sim com dor e martírio.

Yokoshan foi a mulher que com paciência e carinho recolheu, num curso de capoeira ministrado na Lapa, os destroços do ex-namorado da Môni, que como já relatei detalhadamente, roía a alma numa majestosa dor de corno.

Creio que ela se apiedou do meu olhar triste, que muitos anos mais tarde será catalogado pelas pudicas beatas do padre Ronaldo como olhar de cachorro pidão. Destes que ficam no pé da mesa, esperando que alguma beata de bom coração jogue um osso ou um pedaço de "carrrne" para o cachorrão.

A miniatura de nissei me levou para um pequeno apartamento alugado num prédio popular na Tijuca, onde ela vivia desde que fora transferida de Porto Alegre, para o escritório carioca de uma multinacional. Depois de um jantar à meia-luz, a anfitriã, que durante a ceia vestia um quimono com motivos florais, me aplica um *wasari* maestral. Sem aviso prévio, ela se põe nua como no dia em que nasceu. Yokoshan me olha nos olhos, e sem dizer uma só palavra, me entrega uma lâmina de barbear para que eu com minhas próprias mãos lhe raspasse a xana. Cerimônia milenar de iniciação. Algo equivalente a se pôr um anel no dedo anular da namorada, ou cortar o dedo mindinho na máfia japonesa. Senti-me como um verdadeiro samurai. Reencarnação de Toshiro Mifune, só que em vez dos olhos repuxados eu era circuncidado.

Nas minhas mãos, em vez da espada de dois gumes, eu manejava uma máquina de barbear. Para terminar a cerimônia, os pentelhos raspados foram postos num incensário com essência de cerejeira e mirtha subindo a fumaça aos céus, enquanto eu batia um gongo e ela recitava mantras de alguma religião oriental.

Depois de uns meses comendo *sukiaki*, resolvi pôr um ponto final no período nipônico antes de me ver constrangido a gritar *banzai*, e fazer um *harakiri*. Yokoshan era mulher que curtia tradições. Falei *arigatô* pra meu amor da terra do sol nascente, e voltei para o Recife, onde encontrei duas encantadoras mulheres que me ajudaram a esquecer da bondosa *nissei*, que havia me ajudado a esquecer da dor de corno que me roía a alma desde minha volta ao Brasil.

MARIAS DE AMAR, MARIAS DE PECAR

Maria Marta e Maria Vitória.

Ambas lindas e maravilhosas. Duas mulheres que se completavam no meu coração, como se uma fosse queijo de Minas, e a outra a goiabada cascão. Na minha tentativa de me enraizar no Médio Oriente, mesmo sem adotar o islã, resolvi me comportar segundo os costumes da maioria muçulmana que cerca o pequeno Estado de Israel, para onde me mudei nos tempos do AI5.

O poeta sempre diz não ser a vida mais que um ajuntamento de ocasiões, existindo a opção de você escolher entre as ocasiões próprias ou impróprias. Intuitivamente eu sempre opto pelas impróprias, confiando que o meu anjo da guarda irá dar um jeito nas besteiradas feitas por mim, pois se as boas intenções levam o indivíduo ao inferno, a recíproca também deve ser verdadeira.

AFINADORA DE BERIMBAU

Como o homem põe e Deus dispõe, Viviane (a legítima) chegou a mim através da Marta, contente em trazer de surpresa alguém da Terra Santa para apresentar ao namorado. Perguntei à patrícia apresentada a mim pela Marta o que tinha vindo fazer na terrinha, e de onde sabia este português castiço sem nenhuma ponta de acento estrangeiro. Não precisei de muito esforço para identificar o dito cujo. A resposta rodava na região vestido de bermudas e sandália japonesa. Este é meu namorado, ela falou baixinho, apresentando-me um crioulo boa pinta com uma corrente grossa de prata no pescoço. Ela aderiu à apresentação informal os dados estatísticos de ter o namorado mais de quatrocentas músicas publicadas sob o nome de João do Vale. Sem falar de umas tantas outras que ele vendeu por dinheiro na xinxa pra pagar a conta do gás, ou trocou por uma rodada de cerveja no bar da esquina, pois compositor popular não é profissão e sim destino.

O seu português me confidenciou, fora metodicamente estudado na FAPONE (faculdade de porra nenhuma), em Lagoa da Onça, no Maranhão. O título de pós-graduação conquistado numa escola superior de samba, onde afora os conhecimentos filológicos aprendeu a arte exigida de uma exímia afinadora de berimbau. Perguntei se tinha ela outro namorado do tipo que menina branca de olhos azuis e sapato de verniz comprado na *Princess* leva de braços dados a bodas de ouro dos pais. Ela disse que não. Um não categórico, como nunca tinha escutado até então, afirmando ser mulher de um homem só. Fidelidade total e absoluta. Perguntei se não lhe importava o fato de o namorado, além de casado, estar paquerando tantas outras na sua presença. Ela, com a mesma segurança que havia dito ser mulher fiel, disse que longe dela o pecado do ciúme.

Neste momento, lembrei-me das aulas de filosofia, que quando não encontrava mesa vazia na cafeteria da universidade de Tel-Aviv, devo ter prestigiado com minha presença.

Introdução à lógica. Lembro-me que podia ser indutiva ou dedutiva. Havia premissas maiores e menores.

Matéria obrigatória no primeiro ano de filosofia, ensinada num hebraico pesado por um professor brasileiro recém-chegado à Terra Santa. As duas premissas (fidelidade e falta de ciúme) me levavam a uma conclusão dedutiva e ultimativa. Repeti devagarinho, buscando reconfirmar ser a mulher diante de mim fiel e em nada ciumenta. Era precisamente o que eu buscava para mim.

A síntese ideal. Depois de um curto período de namoro pecaminoso, nos casamos como manda a lei de Moisés e Israel.

Tempos mais tarde, sob o peso dos anos de vivência conjugal, Viviane olhou carinhosamente no fundo dos meus olhos e disse sermos nós um casal do tipo poli.

– Poli? Eu perguntei.

– Sim meu amor. Poli, poli. Ela respondeu.

Vivian me abraçou ternamente e falou baixinho:

– Eu sou poliglota e você polígamo.

O CONSULTÓRIO

Num beco onde se vendia ao ar livre postas de bacalhau norueguês, queijo do reino importado de Portugal, carne seca do sertão e uísque escocês de fabricação nacional, se encontrava um prédio de cinco andares com o pretensioso nome de Anel de Ouro.

Na verdade, ouro existia no prédio. Porém, não para fabricação de jóias, e sim para fundição de próteses dentárias. No prédio cinzento, por fora e por dentro, foram instalados um bom número de protéticos, dentistas, além de um ou outro advogado de porta de prisão. Segundo o boato corrente, os protéticos reciclavam o ouro vindo do cemitério de Santo Amaro, e os advogados recebiam parte do pagamento no pedido de *habeas corpus,* e a outra era paga com os ganhos de futuras atividades criminais de parte dos clientes resgatados da prisão.

No segundo andar, bem em frente ao elevador, uma placa discreta indicava ser este o consultório do doutor Ary Rushansky. O nome escrito com ipsilones salientava a origem estrangeira do doutor numa concorrência desleal com os Paulos e Pedros das outras salas. Diga-se, a bem da verdade, que o doutor de nome estrangeiro até então nunca havia saído das fronteiras do território nacional. O consultório, como as demais salas do prédio, estava dividido em dois recintos. Uma pequena saleta de espera modestamente mobiliada com um sofá de plástico imitando couro, e duas cadeiras perto da janela para os potenciais pacientes.

Do outro lado, uma escrivaninha onde a secretária anotava a lista de espera. Por trás de uma porta quase sempre fechada, a cadeira de dentista cinza e preta dava um ar de austeridade ao ambiente.

A cadeira reclinável no meio do consultório ficava por baixo de um imenso motor que fazia o ruído de um semi-trailer, girando um sem fim de correias e engrenagens à vista, como no "Mundo moderno" de Charles Chaplin. Em cima de um móvel verde-escuro que já conheceu dias melhores, temerosas brocas estavam alinhadas como pirulitos em uma bandeja de baquelita ladeada por um escarra-escarra, e um esterilizador sempre esfumaçante, onde eram escaldadas seringas, alicates e boticões. Num canto da parede, a caricatura do rico que vendia à vista, e do pobre que vendia fiado, afora outros quadrinhos com máximas filosóficas estilo tampinha de Coca-Cola. Bem no centro da parede, em frente à porta de entrada, o diploma de cirurgião-dentista escrito em latim. Testemunha muda e pungente dos anos de estudo despendidos pelo jovem doutor na Faculdade de Odontologia do Recife, perto do quartel do Derbi.

Vinte anos mais tarde, meu pai voltou aos bancos acadêmicos formando-se em Direito pela Pontifícia Universidade Católica.

Desde então, meu progenitor se tornou o melhor dentista na guilda dos advogados, e o mais brilhante jurista entre os dentistas da cidade, apesar que sua verdadeira vocação desde menino era ser marinheiro de água doce, ou talvez capitão de longo curso.

O SEGREDO

Minha primeira visita com hora marcada ao consultório paterno se deu aos doze anos de idade, com um bruto abscesso num segundo molar da primeira dentição. O tratamento que deveria durar não mais que um quarto de hora se prolongou indefinidamente, quando ao ver a injeção com agulha de verdade, me pus à beira da janela ameaçando um salto mortal. Meu pai, homem de brios e galardão, porém pouco psicólogo, estava decepcionado com o caráter fraco do filho primogênito. Ao que tudo indica, faltava-me a coragem e a garra do sangue cossaco que corriam nas veias da família.

Sangue mesclado nas estepes da Ucrânia, durante um amorzinho acidental de uma ancestral com um cossaco de verdade, dono de cavalo, sabre e balalaica. Meu pai estava decidido a fazer a extração na marra.

– Você quer sem anestesia? Perguntou com um tom de sugestão difícil de se dizer não. Aceitei de imediato e até com um pouco de entusiasmo. O boticão parecia bem menos ameaçador que a agulha da seringa. Quem não ficou passiva diante da extração do dente-de-leite foi minha mãe, que resolveu como represália fazer uma greve amorosa sem limite de tempo.

Tipo de vingança idealizado por ingênuas esposas que se creem imprescindíveis e únicas parceiras do marido. Depois de três semanas de jejum, como meu pai não demonstrasse nenhum sufoco ou desespero, minha progenitora resolveu suspender o boicote. Fato que deixou bem claro o tendão de Aquiles das pudicas mulheres da família.

MULHER ANÔNIMA

Se visita a consultório de dentista para fins de tratamento é algo traumático e doloroso, o mesmo não se pode dizer das visitas descomprometidas de quem não quer nada com o dentista, e sim com a secretária. Apesar da dúvida da minha mãe, posso jurar que todo o descrito nesta história é verdade.

Todos os detalhes e evidências aqui citados sobre a descoberta do grande segredo de como meu pai conseguiu passar tranquilo à greve matrimonial foram testemunhados em primeira mão pelo autor destas memórias. O segredo da heróica abstenção paterna atendia pelo nome de Lúcia. Mulher de cor, caráter e idade indefinida. Creio que ela ficou por volta dos trinta anos desde os vinte, até os quarenta e cinco. Nada de especial para ser descrito no seu visual. O protótipo da mulher anônima. Porém, devo salientar que a falta de beleza natural, ou qualquer outra particularidade, eram minimizados por uma fúria uterina que quatro décadas depois ainda mexem com os meus adormecidos instintos.

Apesar de existir, como foi descrito, uma poltrona na sala de espera, de comum acordo nós optamos pelo uso da temerária cadeira de dentista, transformada agora em ninho de volúpia e prazer.

Lúcia, que era o grande segredo do papai, passou, numa tarde de chuvas, a ser minha primeira chumbicada com carteira assinada. Até então eu havia tido como parceiras de transas somente domésticas e prostitutas que na minha juventude não tinham fundo de garantia, nem recolhiam para a previdência social.

AS LADEIRAS DA VIDA

Nada como um novo amor para se esquecer ou pelo menos amenizar um grande amor, pois os grandes amores não se esquecem. Eles simplesmente adormecem no porão da alma mudando o tempo do verbo do futuro para o passado. O tempo do verbo muda, já que no presente você está por demais ocupado com as vivências miúdas, para poder dar espaço aos grandes amores ou violentas paixões.

Depois de uns tempos na casa de uma aristocrata de verdade, com título de nobreza como manda o figurino, resolvi voltar para o Recife. Verônica, a minha *land lord,* que um dia badalou na alta sociedade do Rio, lembrava a metamorfose de Kafka. Nos últimos anos, ela havia se transformado numa figura folclórica mais decadente que prédio colonial na zona pobre de Havana.

A proprietária do belíssimo apartamento no Leblon, onde eu aluguei um quarto, além de levar diariamente aos pulmões a fumaça da *canabis sativa*, consumia toneladas de barbitúricos aditivados com álcool, tentando equilibrar o esqueleto que algum dia havia tido por cobertura uma camada de carne.

Pelas fotografias expostas em cima do piano, era quase impossível reconhecer o caco de mulher sentada no sofá.

Em outros tempos ela havia estrelado nas colunas sociais, baixo o nome de Vera Veríssima, *la femme fatale*. Depois do divórcio, ela secou como se fora um bacalhau. Lisa de dinheiro nos bolsos, e a cara mais engelhada que maracujá de gaveta. Duas imensas órbitas escuras serviam de moldura aos olhos azuis pintados com os restos de *rimel* do dia anterior. Verushka trocava o dia pela noite, e a cozinha do luxuoso apartamento na rua General San Martin pelo restaurante Degrau.

Apesar de não medir mais que um metro e cinquenta de altura, a minha anfitriã andou e bordou pelos cimos da vida. Pintada de loiro platinado, nos últimos tempos ela vivia mais dopada que peru de natal antes de ser degolado. Depois do divórcio, Vera fazia questão de se apresentar com seu nome de solteira, originário da região que um dia foi Sérvia, depois Iugoslávia, sendo hoje em dia parte de uma república balcânica qualquer.

Uso o termo generalizado de república balcânica para não correr o risco de que até serem publicadas estas linhas já tenha a república outra vez trocado de nome. No terceiro estágio da vida, depois de vender o carro, empenhar as jóias da família e as que foram ganhas do ex-marido, minha anfitriã iniciou o último estágio de quem um dia esquiou nas linhas negras do *Mont Blanc,* e hoje estava a patinar na linha vermelha do mangue. Depois das jóias de ouro, e dos talheres de prata, foram vendidos os tapetes persas e os *kilims* do Arzebaijan. Quadros de artistas europeus e locais, seguido dos móveis feitos por firmas de renome internacional. Para finalizar a queima, foram postos no prego os objetos com mais valor sentimental que monetário.

O auge desta descida pela ladeira da vida se deu quando a minha hospedeira entregou a máquina de fotografia Nikon do ex-marido a um garotão depilado que andava faminto pela praia do Leblon.

A câmera profissional em troca de uma sodomia amadora. Sodomia com todos os requintes e taras inventivas, na sala de jantar. Ou melhor dizendo, do que havia sobrado da sala de jantar. Abri a porta do apartamento e me deparei com a loura de quatro amarrada na última cadeira chipandelle, levando pau na bunda e muita porrada na cara. Toda a cena como que tirada de um filminho de sexo bizarro, regada com uma *overdose* de álcool e barbitúricos, já que os vinhos da adega familiar haviam sido levados pelo ex-marido na partilha dos bens conjugais. A mulher com a cara sangrando implorava pra o "boizinho" parar de bater, pois até mulher de malandro tem limite na quantidade de porrada que está disposta a receber a fim de acelerar o processo metabólico que transforma a dor em libido.

Se tem três coisas que eu não tolero, é chupar manga verde, mulher madura, ou ver menino e cachorro recebendo pancada.

Para resumir a história, eu parti com gosto de gás pra cima do gaúcho dando uma inesquecível chapuletada no cangote do violento sodomista. Ele aterrissou meio desmaiado aos pés da cretina. Bêbada, batida, mal comida e descontente com minha inesperada intervenção. Aproveitei o incidente pedindo para ela decidir entre ele e eu. Pergunta que só um inocente, besta e ingênuo pernambucano poderia perguntar, pois todos sabem que amor que fica é amor de pica, e que pancada de amor não dói.

DOR DE CORNO

Desgostoso do Sul, arrumei a mala e voltei para o Norte que sempre foi lugar bom de se curtir uma dor de cotovelo. E a minha era incomensurável. Sem me despedir de ninguém, cinzento como burro que foge do curral, arrumei os teréns e voltei ao Recife com o rabo entre as pernas. Afinal de contas, não é todo dia que um nordestino passa sem aviso prévio do estado de morador do Leblon com porteiro e elevador, à morador de rua. Para completar o cenário apocalíptico, a noiva sem muitos rodeios havia me comunicado que a testa lisa onde um dia a minha mãe havia passado óleo Johnson estava enfeitada com um bem merecido, porém doloroso, chifre.

Meu talentoso amigo Ba Freire, que recebeu de herança três filhos do ex com sua atual, diz que chifre é puro cálcio. Se o dito é verdade, eu nunca irei sofrer de osteoporose ou qualquer outro problema ósseo. O drama da protuberância calcificada na zona frontal popularmente conhecida como corno, é que ao contrário do furúnculo ele cresce pra dentro. Você não o vê, mas o sente. Você dorme e acorda com ele. Os amigos comentam e os inimigos se deleitam com a existência dos mesmos. Os chifres são de uma sutilidade única se escondendo fundo na alma sofrida do homem traído. A única exteriorização da dor de corno é a cara triste de quem comeu e não gostou estampada na cara do *cornuto*.

Uso o termo em italiano, pois em nenhum outro idioma você consegue expressar o drama do homem traído como na língua peninsular. Você o vê quando se penteia. Quando põe desodorante, ou veste o pijama de dormir. Recomendo a todos que duvidam desta afirmação sobre a dor de corno exponencial, buscarem o clássico filme italiano "**Esposamante**", estrelado por Marcelo Mastroiani, há muitos e muitos anos.

Ele (o chifre) passa a ser parte do nosso ser. Chifre e hemorróida a gente leva para fazer compras no supermercado, e até em viagem de avião ao estrangeiro. Se o corno é sulista, é menos dramático. Para carioca e paulista corno é que nem enfeite em árvore de natal. Muito iluminado e comentado durante a semana de festa, porém depois de desmontado vai ficar esquecido no fundo do baú. Mas, se quem leva os chifres é um nordestino, aí é um Deus me acuda. Em Pernambuco, o chifre dói e pesa. O corno nordestino passa a mastigar um mousse de chocolate belga como se fosse papelão reciclado. Os chifres criam um dilema existencial em todo homem. Porém, nos cornudos, com bobeiras intelectuais e liberais o dilema é maior. Não só no tamanho como na sua profundidade, pois além da vergonha do chifre, existe a vergonha de se ter vergonha, mostrando em plena luz a hipocrisia de todo *open mind* que se descobre medíocre, dolorido e ofendido nos brios masculinos como o mais imbecil e retrógrado pequeno burguês.

SE CONSELHO FOSSE BOM...

Nada como os conselhos de um bom amigo, intelectual metido a argentino, pra levar você às portas do inferno. O Flaco, que escreveu uns ensaios filosóficos nunca publicados, dizia ser o ato sexual a fonte da mediocridade. O desperdício da genialidade humana. A vagina, segundo o erudito portenho, era o poço sem fundo onde estavam depositados os mais brilhantes poemas, e as obras de arte de grande envergadura, sem falar de uma ou outra invenção científica. Todas definitivamente afundadas e para sempre perdidas. Para dar mais peso aos pensamentos proferidos por trás de uma nuvem de fumaça do eterno cigarro rúbio no canto da boca, ele enrolava os bigodes e entre um pigarro e outro declamava gesticulando com exagero.

– Tome cuidado com as mulheres, senão as tuas boas ideias estarão condenadas a se converterem em manchas nos lençóis.

– Imagine-se, dizia ele com autoridade, Kant dando uma trepada, e a "Crítica da Razão Pura" reduzida a uma nódoa amarelada de cinco centímetros de diâmetro no lençol engomado. A nona sinfonia de Beethoven, sufocada e perdida na escuridão de uma xereca.

O Flaco não perdia nenhuma oportunidade de me prevenir que as mulheres seriam a sepultura da minha potencial criatividade. Ele pregava a abstinência dos prazeres carnais como a verdadeira e única fonte de inspiração.

O homem satisfeito nunca terá a capacidade criativa dos famintos, loucos, solitários e amargurados, repetia contente como se houvesse descoberto os segredos genéticos da genialidade humana.

Satisfeito consigo mesmo, como só um verdadeiro argentino pode se sentir. Eu afirmo com conhecimento de causa não existir melhor negócio no mundo que comprar um portenho pelo preço que ele vale, e vendê-lo pelo preço que ele acha que vale. Se é que eu realmente queria me tornar um artista plástico ou verdadeiro poeta, depois de se desfazerem as esperanças juvenis de me tornar locutor de futebol, dono de lanchonete ou presidente da república. Deveria me abster dos prazeres mundanos do sexo pelo sexo ou até mesmo para fins procriativos.

Convencido das limitações e contradições da criatividade, cheguei à conclusão que somente a abstinência temperada por uma dor de corno poderiam me servir de musa. E as musas que se calam com o troar dos canhões, se põem fogosas com o pipocar dos fogos de artifício no natal. Tempo bom de se pegar a mala e voltar pra o "arrecifilis", a encantadora "venérea brasileira" como dizia o douto primo Leon, dono de PHD ganho com muita labuta nos *States*.

O diploma escrito em latim serve pra enfeitar a sala de jantar do emérito acadêmico, enquanto a lojinha de jóias na antiga prisão do Recife ajuda a ganhar os jantares da vida.

O HOMEM DA COBRA

Com a alma amargurada e o ego mais baixo que pé de alface, voltei ao Recife. Nada tinha mudado, nem no visual nem no cheiro das coisas. O caminho entre a Cambôa do Carmo e a rua da Imperatriz, faziam-me bem ao estômago e à alma. Apesar de existirem umas lanchonetes com habite-se da prefeitura e licença do departamento de saúde pública, o meu fraco sempre foram os tabuleiros no meio da rua, com empadas de camarão, coxinhas de galinha, pastelzinho português, e tapioca de coco com leite moça. Pois nem só de filé com fritas e lagosta ao termidó vive o honesto cidadão.

Minha alma penada caminhava pelas ruas do Recife, curtindo a saudade dos bons tempos da adolescência que cada dia se afastavam mais e mais. Eu buscava reencontrar no centro da cidade umas figuras que desde há muito tempo haviam extrapolado a medíocre luta do dia-a-dia, ganhando a posteridade. Figuras grotescas que involuntariamente ajudaram a construir o panteão humano da *urbis* recifence.

Em especial me fascinava, entre todos os camelôs e vendedores ambulantes, a eloquência do homem da cobra. Em pé no meio da rua, segurando um microfone portátil, cercado por uma pequena multidão de curiosos, ele mostrava orgulhoso dezenas de frascos cheios de formalina. Dentro dos vidros boiavam tênias gigantescas, e todo tipo de lombrigas e vermes.

Este mundo animal servia como testemunha dos efeitos milagrosos do elixir que curava tudo. Desde moleira mole, gravidez, melanoma, corrimentos, cancro-duro e crista-de-galo. Tudo isso sem falar nas enfermidades banais e corriqueiras como resfriado, coqueluche, pinguelo inchado e cacete murcho.

Estou a citar a lista parcial das doenças tratáveis pelo elixir caseiro, cuja fórmula secreta era mais bem guardada que o *brand* da Coca-Cola.

SIMBIOSE DA MISÉRIA

No meio da ponte na rua da Imperatriz, quando a parte central ainda servia para a passagem de automóveis, um aborto da natureza concorria com um cego, e uma retirante de cor parda com um menino loirinho arregaçado no peito. Cada um buscava à sua maneira sensibilizar os transeuntes que fugiam do olhar fatal de "se me dão", desviando a vista para a lama preta onde uma infinidade de caranguejos entravam e saíam das tocas. Tempos mais tarde, soube que o simpático lourinho nos braços da retirante de cor parda era alugado de uma cigana que não tinha com quem deixar o menino, enquanto ela lia a mão dos transeuntes na praça Dantas Barreto. Esta cooperação entre retirante e cigana poderia ser definida pelo sociólogo como simbiose da miséria.

Afinal de contas, não existe nada mais fraternal e solidário que a pobreza. Por trás do cinema Moderno, nas calçadas coalhadas de vendedores ambulantes, algumas dezenas de prostitutas de alta quilometragem se reuniam em grupos de três e quatro. De pé na entrada dos estreitos prédios desbotados pelo tempo, as "profissionais" comentavam entre si os maus tempos com a viadagem dos homens, e a concorrência desleal das meninas charmosas batendo calçada na Conselheiro Aguiar. Apesar do *dumping* no preço do michê, a maré estava baixa. A crise econômica obrigava os maridos a se contentarem com o arroz com feijão caseiro. Pescar um ou outro cliente não era moleza não. E quando já aparecia um disposto a pagar a mixaria de "dez mirréis", lá vinham mil e uma exigências de taras até então desconhecidas, mesmo por tão experientes mulheres da vida.

Reparei nas minhas últimas viagens ao Recife que as "mulheres à toa" se transformaram em garotas de programa.

Muitas não falam de pagamento em dinheiro vivo, pedindo ao recém-adquirido e generoso *sugar dady*, o financiamento de um curso de inglês, ou a compra de um telefone celular da terceira geração. Como desculpa, a cretina diz que o curso de inglês é pra ela poder falar comigo quando estiver fora do Brasil. E o aparelho telefônico com câmera para imortalizar nosso encontro amoroso num dos muitos motéis espalhados pelos quatro cantos da cidade.

Ao contrário das autoestradas na Alemanha, que têm limite mínimo, porém não têm limite máximo de velocidade.

As "meninas" de Boa Viagem nunca passam dos trinta anos. Servindo o critério dos trinta quilos como exigência mínima para receber carteirinha profissional na mais antiga das profissões.

Passou o crivo dos trinta quilos, mijou de cócoras e não é sapo, a candidata pode entrar na guilda prostituinte. Ao contrário da assembleia constituinte que envelhece, a prostituinte se torna cada vez mais jovem.

O SUBÍDROMO

Todas as lojas na rua da Imperatriz se vestiam festivas no natal, expondo em grandes tabuleiros a mercadoria chamariz para a grande queima de fim-de-ano. Na porta dos estabelecimentos, um empregado berrava no microfone portátil que o dono da loja havia enlouquecido e está dando tudo (com exceção do rabo) pela metade do preço.

Esta era uma boa época do ano não só para os lojistas como também para os paqueradores de meio da rua, que lançando uma olhada frontal esperavam a resposta que sempre vinha vinte e dois passos depois. Dito e feito. Vinte e dois passos depois da olhada cretina, a moça dava uma tímida virada para se certificar cem por cento que tinha sido pra ela aquela olhada sacana, e não para a vizinha do lado. Estatística comprovada.

Foi numa dessas andanças que eu conheci Vitória. Um mulherão de fechar comércio. Morena linda, que até não receber alguma prova em contrário, continuarei acreditando ter sido pra ela que o poeta cantou os encantos da carne dura e da pele escura. Mulher feita no capricho. Sorriso impecável. Peito e bunda no formato e tamanho ideais. Pernas bem torneadas, sem falar no coração do tamanho de um bonde.

Eu ia rua abaixo e ela rua acima. Ela em busca de um fio dental amarelo, e eu em busca dela. Na mesma noite, numa mesa do Ecológico em Olinda, trocamos juras de amor e tímidos alisados. Toda esta cena foi testemunhada pelos olhos curiosos de uns camarões arrumados dentro de uma tigela de barro, um chope bem gelado e um suco de graviola. No caminho de volta ao Recife, paramos o aerowillys personalizado do tio Chico, em frente à praia do Pina. Ali estava situado, na época, o mais frequentado subídromo do Nordeste. Dezenas de casais meio sentados meio deitados no banco traseiro dos carros batiam um sarrinho enquanto esperavam o começo da emocionante corrida de submarinos.

Vez por outra, podia-se escutar a moleca do carro vizinho perguntando com uma voz sôfrega quando ia começar a corrida dos submergíveis. Ela mal terminava a pergunta, e lá vinha a chapuletada na nuca devolvendo a curiosa à posição original, pois falar de boca cheia sempre foi falta de maneiras, e o que a mãe não ensina em casa, o namoradinho ensina na rua. A grande chateação do subídromo eram uns pivetes vendendo amendoim, que naquela época, não faziam falta. Pior que os pivetes do amendoim, somente uns tarados que vinham solitários olhar o gozo alheio.

Eles paravam o carro bem juntinho do carro vizinho, fazendo de conta que estavam a alisar uma cabeça feminina entre as pernas, quando na realidade seguravam o falo próprio. Falando alto pro vizinho ouvir– "chupa forte meu amor".

Alguns destes solitários treinados no vício de gozar o gozo alheio, conseguiam entrar em sincronia com a ejaculação do vizinho dando uns gemidos na hora certa, como se o próprio estivesse a comer a garota da Brasília amarela ao lado.

O grande dilema no coração de todos os namorados no subídromo, era o que fazer com a minissaia, que era moda. De um só golpe levantá-la até a cintura, ou baixá-la em direção do calcanhar. Depois de analisar os prós e os contras, a maioria partia para a primeira opção. Baixar a saia acarretava na perigosa abertura do zíper fazendo soar o sistema de alarme existente no âmago de toda moça de família. Todo o descrito sobre o subídromo se deu há muitos anos, antes de o sarrinho nas coxas virar cafona, pois segundo os relatórios telefônicos dominicais da tia Beija pra minha santa mãe, no Recife tá tudo da pá virada.

TRACUNHAÉM

Pelo número sem-fim de viados declarados e camuflados, o homem heterossexual, já naqueles tempos começou a escarssear.

Mais tarde, esta espécie será decretada pela UNESCO como espécie em perigo de extinção. Portanto, digno de proteção.

Se alguma mulher se julgava dona de um exemplar do tipo "*homo sapiens heterosexualis*", este deveria ser bem protegido, não só de toques descuidados e olhares libidinosos das outras fêmeas famintas, como também sua alma deverá estar hermeticamente selada e imune a todo tipo de tentação. Era necessário, portanto, o fechamento de corpo e alma do dito cujo.

Situada a uma hora de viagem do Recife, a cidade de Tracunhaém dorme em berço esplêndido, afogada num oceano de canaviais. Cidadezinha de interior, transbordando simpatia e sossego, entre os últimos vestígios do que um dia foi a mata Atlântica, antes de tudo virar engenho de cana. Como os outros vilarejos espalhados pelo caminho, a cidade era toda pontilhada de casas pobres com teto de palha de coqueiro, e no meio havia duas construções de alvenaria caiadas de branco que chamavam a atenção do visitante: a igreja e o grupo escolar. Uma multidão de meninos com barriga shistozomada jogava bola de gude entre as Kômbis museônicas transformadas em lotação. Além do motorista, o carro originalmente planejado para transportar sete passageiros, conduzia pelo menos dez, sem contar o cobrador pendurado na porta semifechada, ou comprimido entre as pernas dos passageiros e o banco da frente. A maioria dos choferes, verdadeiros ases do volante, passava todo tempo na busca de clientes pela estrada que um dia havia sido asfaltada. Em alguns trechos ainda podiam ser vistos alguns resquícios do asfalto, entre os intermináveis buracos antecedidos por placas amarelas com a inscrição de "Cuidado, buracos na estrada".

O ônibus vindo do Recife parou no ponto final, já que não tinha outro sinal indicando ser este o fim da linha, afora uma carroça de vender coco verde, e a propaganda da Pitu pintada em letras pretas na parede de uma casa particular caiada de amarelo.

Metade dos passageiros eram residentes locais que desapareceram como por milagre por trás das portas pintadas com todas as cores do arco-íris, como se fosse bandeira *gay*.

Um pequeno grupo permaneceu uns minutos a mais em silêncio em frente à carroça de vender coco, esperando que algum dos presentes se propusesse a liderar o grupo por entre as ruelas do vilarejo até o terreiro de macumba de Mãe Dira.

O TERREIRO

Apesar de bem frequentado, o terreiro não tinha sede estabelecida, servindo a sala de visitas como lugar de culto na casa da mãe-de-santo.

A macumbeira fora batizada na igreja católica com o nome de Odenira, porém desde jovem todos a conheciam por Mãe Dira.

A babalorixá era famosa e conhecida até na capital do Estado pela sua habilidade comprovada na limpeza de almas. Almas sofridas e transtornadas pela Pomba-gira, ou algum outro mau espírito qualquer. Destes que se engrelham nas vítimas sem lhes dar paz e sossego. Almas penadas que nem o exorcista paroquial com diploma ganho depois de muitos anos de estudos no Vaticano havia conseguido expulsar. Almas tristes e doloridas, necessitando de limpeza urgente. Naquele último estágio antes de o mau espírito virar esquizofrenia numa clínica psiquiátrica do I.N.P.S.

FECHAMENTO DE CORPO

Meu amigo, apesar de todos saberem que se conselho fosse bom não se dava, se vendia, aconselhou a todos tomarem muito cuidado com a medicina convencional. O indivíduo que está um pouco pirado, depois de internado numa clínica psiquiátrica estará indelevelmente condenado a passar o resto da vida ingerindo um coquetel de barbitúricos capaz de dopar um cavalo belga, ou transformar um pitbull em pequinês de bordel.

Outros visitantes do terreiro vinham com propósitos práticos e concretos. Problemas de saúde, financeiros, ou em busca de um fechamento de corpo para homem mulherengo, ou mulher assanhada. Como cavalo dado não se olham os dentes, nunca questionei a razão de minha participação no candomblé de Tracunhaém. Imagino que na falta de maus espíritos dispostos a se encarnarem em mim, eu fui levado ao terreiro não para uma limpeza da alma, e sim para um fechamento de corpo. Depois da seção, meu corpo estaria hermeticamente fechado, e aprisionado entre os braços e pernas da mulher amada. Vitória, de maneira discreta, forneceu meus dados pessoais a uma jovem gorda e simpática, que servia como ajudante de ordens no terreiro. *Vi* puxou a gorda de lado dizendo a razão de sua visita.

– Este galego, ela falou baixinho, apontando discretamente pra mim, tem um apetite insaciável, sacana e mulherengo, sempre em busca de novidades. Vitória exigia que para o fechamento de corpo do namorado fosse usado o mais formoso e viçoso capão do terreiro.

Nada de galo magro com asa quebrada. Destes que lembram o hospital da Restauração, servindo um galo pra limpar duas dúzias de pacientes. Para mim, era necessário galo individual com crista em pé, apesar de a exigência acarretar num pagamento extra.

Os recém-chegados tomaram os lugares vagos, enquanto um mulato derramava perfume barato nas mãos dos participantes, recitando uma oração em umbundo. As filhas de santo vestidas de branco respondiam à cantiga balançando os pesados corpos numa agilidade invejável ao ritmo dos bumbos. As mãos perfumadas abriam os corações e as carteiras. É sabido, desde que o mundo é mundo, que não existe milagre gratuito.

No free meal, no free miracle, proclamam os rabinos, pastores, padres, monges budistas e pais-de-santo também.

Por sorte, o ato de fechamento do corpo começou pelo lado oposto do terreiro, o que me deu uns minutos de preparação psicológica. Não é todos os dias que um mortal temente a Deus e ao desconhecido recebe umas baforadas de fumo de corda na cara, enquanto um galo sanguinolento morto na porrada, rodopia sobre a cabeça previamente preparada por um copo de cachaça.

O copo da branquinha foi derrubado de um só trago, enquanto um coro feminino orava numa língua que nem eu, nem elas entendíamos absolutamente nada.

Faço questão de salientar em nome da boa reputação e integridade moral da mãe-de-santo, ter ela se recusado a receber dinheiro pelo fechamento de corpo contratado pela Vitória. A babalorixá explicou com voz clara de vidente ser este um caso perdido. Segurando as mãos da minha namorada, como se estivesse lhe dando os pêsames, ela decretou solenemente a total inviabilidade de algum dia este galego de bigodes se tornar fiel a uma só mulher. Seja em tempos presentes ou futuros.

"Vox mater sanctum, vox Dei"

MULHERES CERTAS, NOS MOMENTOS ERRADOS

Existem mulheres que entram na vida do cidadão pela tangente ou por tabelinha, enquanto somente umas poucas criaturas entram pela porta principal. Donas das chaves e segredos. Tocando a sineta e anunciando a tomada de posse do macho com pompas e fanfarras. A maioria das mulheres certas aparece no momento errado. Pelo menos dentro de uma perspectiva temporal. A mulher ideal de se curtir um namoro não é a mesma com quem você se casa. Por suposto, a esposa será a antítese das amantes amadas durante a vida de casado. Tudo isso sem falar dos amores acidentais como aquela despedida de solteiro de uma inglesa a caminho do altar na proa do barco entre Dover e Ostende. Amor sem nomes próprios nem trocas de endereços. Amor, todo ele libido, sem perspectivas ou pretensões que fossem além do gozo gostoso da transa descomprometida. Sem expectativas nem cricris morais derivantes do sentimento de culpa paulino. Ou quem sabe se não do próprio pecado original.

A sabedoria popular diz: “cada macaco sentado no seu galho”, pois macaco sentado no galho do vizinho pode dar confusão, e mulher também.

DIDA

Em tudo que se refere ao "ele e ela", os esquemas e estatísticas não funcionam. As nuances e particularidades do indivíduo são tantas, que impedem a criação de qualquer modelo esquemático.

Portanto, vamos deixar o coletivo de lado e focalizar o individual.

O individual personalizado e devidamente catalogado. Dida foi a primeira, e a primeira nunca será como todas as outras.

Dida foi a primeira mulher séria que entrou na minha vida.

Uso o termo séria que traz uma conotação imbecil, por não encontrar nada melhor para diferenciá-la de todas as outras que havia tido até então. Cada área de amor liberado no meu coração foi ganho por ela com muita garra, charme e simpatia.

Aquele metro e meio de mulher, com um sorriso mais iluminado que campo de futebol da primeira divisão, se tornou de repente dona de todas as ações do banco emocional do recruta com aspirações a general. Posso afirmar com segurança, que pior que a crise dos cinquenta é só a dos dezessete. Quando o jovem estudante cursando a escola técnica mal sabe diferenciar entre um motor de dois e quatro tempos. No cabedal cultural estão vagamente a perambular meia dúzia de obras condensadas da editora Pinguim, sem contar os gibis de Bolinha e Luluzinha.

Para complementar e dar um verniz a este saber de pseudointelectual, eu comprei num sebo da rua Velha *O Pequeno Príncipe* de Saint Exupéry, e *Cem Sonetos de Amor* de Pablo Neruda, em espanhol. Todos queriam curtir o *status* de poliglota, e no inglês do ginasial eu nunca passei do *"Do you speak english?" "So, so."*

ÍCONE BIZANTINO

Conheci a Dida na varanda do Teatro Popular do Nordeste, vulgarmente conhecido como T.P.N. Lugar de encontro obrigatório para todos aqueles que se julgavam "prafrentex" no perímetro do grande Recife. Nesta laia de vadios e bossais que frequentavam o barzinho local, também me vejo obrigado a incluir uns penetras vindos de Pesqueira e Serra Talhada pra estudar na capital.

E por falar em Talhada, Dida era mulher talhada nas minhas medidas, pois eu venho de uma casa matriarcal onde a mãe manda e desmanda. Mesmo rebelde, eu nunca iria ter coragem de pastar em campos estranhos, com mulher obediente e submissa.

É claro que em tudo que se refere às proporções, Dida nada tinha a ver com minha mãe. Mulher forte, dona de 120 quilos ganhos honestamente com uma superalimentação equilibrada. Aproveito a oportunidade para contar ter sido a minha emérita progenitora, nutricionista. Professora adjunta na Universidade Federal de Pernambuco com carro preto e chofer também. Dida era magra, porém bem ajambrada. Pele lisa, saboneteira funda e um par de olhos inteligentes como de um ícone bizantino. Os olhos inteligentes foram de importância cardeal no desenvolvimento do meu amor por ela. Até então eu sempre havia gamado no traseiro e nos peitos, sem reparar nos olhos das namoradas. Desde então, tenho que confessar minha tara por olhos inteligentes. Posso e quero assegurar que com meio século de existência olhei fundo nos olhos inteligentes da Eubete, Sônia, Sandra, Márcia, Carla, Marta, Mônica, Carmen, Carminha, Carmen, Carmencita, Hadas, Sofia, Regina, Tali, Galit e alguns mais. Lista parcial e pré-matrimonial na sua maioria. Dida era então quintanista de medicina, e o autor destas memórias "secundarista" da Escola Técnica Federal de Pernambuco, lá pelas bandas do Derbi. É importante o fato de Escola Técnica quando pronunciado em surdina, soar como se fosse Politécnica. A maioria dos novos conhecidos a quem a doutora apresentava o namorado, de imediato perguntava por colegas estudantes na escola de engenharia, situada na esquina do clube Internacional.

ITAMARACÁ

Com exceção de João Câmara, Francisco Brennand, Welington Virgulino e alguns poucos bem sucedidos artistas, conheci através da Dida quase todos os boêmios, poetas e artistas plásticos da cidade. Todos usavam a potencial psiquiatra como Muro das Lamentações para curtir os estresses e crises existenciais, pois não é nada fácil ser pobre, comunista, negro, boiola, torcedor do Santa Cruz, e ainda por cima de todas estas desgraças, ser desafinado ou pintar mal. Dida com muita paciência e carinho consolava a todos os oprimidos e deprimidos.

Nos fins de semana, partíamos de ônibus pra ilha de Itamaracá antes de ela ter se transformado em investimento imobiliário.

Estes foram outros tempos. Você podia dormir tranquilo na areia da praia sem perigo de ser roubado, sequestrado ou currado como na *Laranja Mecânica*. Os pescadores sentados em frente das casas de adobe com teto de palha convidavam a jovem médica e o seu distinto noivo a tomarem uma cachacinha com tira-gosto de lagostim recém-pescado na foz do rio. Enquanto degustávamos os crustáceos, a doutora – como ela era tratada por todos, apesar de ainda não ter colado grau – distribuía amostra grátis e clinicava com a boa vontade de quem não nasceu com uma colher de prata na boca. Amor grande que se tem por uma grande mulher, condensada em um pequeno frasco de cristal, como os bons perfumes e os venenos fatais.

O MOCHILEIRO

Vou chamá-la de Carmen por questões práticas, pois mulher espanhola de família aristocrática, mesmo sendo de esquerda, obrigatoriamente agrega ao nome próprio um "Maria", indicando seu estado virginal, mesmo depois de casada e mãe.

Quanto ao nome de família, ela usa pelo menos duas dúzias de sobrenomes depois do nome próprio. Lembrando todos os ancestrais nobres, já que os cristãos novos, mouros, e parentes pobres são automaticamente deletados do arquivo familiar. Sobrenomes mais compridos que fila pra sopa do Zarur em época de crise, ou concurso para trabalhar de gari na prefeitura do Recife em tempos normais. Seguindo a regra geral, parti para Europa depois de um longo e tenebroso inverno, no qual o mundo era dividido entre nós e eles. Os filhos da luz e os filhos das trevas. Todo o universo visto em preto e branco através do periscópio do tanque, ou da mira do fuzil. Contam os entendidos no assunto que todo israelense quando jovem sonha em entrar para o exército, e quando engajados contam os dias para a dispensa final. Depois de desmobilizados, a próxima meta é entrar na universidade. Quando enquadrados nos estudos acadêmicos, sonham com a formatura. Depois de formados buscam um emprego, e depois de arranjar um emprego contam os dias para se aposentar. Os solteiros sonham em casar, e depois de casados não veem a hora de se divorciar, pois a felicidade está sempre a um passo além do lugar onde nós estamos. Ou pelo menos, assim nos parece. Portanto, nada como uma viagem ao estrangeiro para limpar a cabeça depois do serviço militar.

REI MORTO, REI POSTO

O relaxe na sua plenitude, após tantos anos de tensão e disciplina. Enquanto devolvia os uniformes de campo no mesmo lugar que os havia recebido três anos antes, me deparei com o rosto conhecido de uma jovem que mais tarde receberia o sobrenome da família.

Mati naqueles tempos andava de amores com meu irmão caçula, que resolve, alguns meses depois, dar-lhe um *up grade* passando a simpática namorada para o estado de esposa.

O que não é capaz de fazer um tanquista, para receber uma semana de férias?

As opções são limitadas. Na verdade, existem três opções.

Dar um tiro no pé, comer giz ou mudar o estado civil. Serginho optou pela terceira opção.

Eu saía, ela entrava. Rei morto, rei posto. O ciclo da vida na sua plenitude. Sem hesitar, tirei o relógio do pulso. Entreguei a pequena máquina que havia controlado minha vida nos últimos anos, e de forma carinhosa lhe passei o prazeroso segredo, de que eu não iria precisar de horário nos próximos meses, e quem sabe anos. Naqueles tempos, as ensolaradas praias de Goa, onde um dia se falou português, e agora se escuta, nas noites de lua cheia, o hebraico, ainda não eram *in* para os jovens recém-desengajados do exército israelense. O mesmo posso afirmar sobre as nevadas montanhas do Nepal, Morro de São Paulo na Bahia, ou Machu Picchu no Peru. Até meados dos anos 70 do século passado, o destino dos jovens mochileiros não ia além da Europa clássica. A família vinha em peso se despedir do viajante no aeroporto, mesmo que o voo fosse de quatro horas e o destino, o Quartier Latin de Paris. Por mais careta que fosse a viagem, havia um "quê" de aventura romântica no ar. O filho pródigo partia para terras estranhas.

Faz-se necessário salientar os avanços tecnológicos dos últimos trinta anos. Na década dos 70 não existia telefone celular, nem internet, que nos dias de hoje permitem o contato imediato entre a família e o rebento desgarrado. Mesmo que ele esteja deitado numa praia tropical a beber água de coco das mãos da namorada, ou a comer com os dedos cogumelos alucinógenos defumados na fumaça da maconha, como um cometa movido a rum com LSD, a flutuar no espaço sideral. Se a dose de cogumelos for exagerada, o dito cujo abandona a vida secular para se converter em monge budista no Tibete, ou rabino em Mea Shearim. Se a quantidade ingerida for comedida, o jovem termina numa clínica psiquiátrica, destas que nos últimos tempos surgem como cogumelos depois da chuva.

AS CABRAS NO CIO

Conversa internacional naqueles tempos era feita através de telefone fixo. A operadora pedia delicadamente ao usuário um pouco de paciência, enquanto ela tentava completar a ligação com o número desejado. Tudo isso sem falar no preço exorbitante pra se dar um sinal de vida, ou pedir um adiantamento da futura herança, pois sem a ajuda paterna era quase possível se cumprir a longa trilha programada. Depois de comprar mochila, lanterna e canivete modelo suíço do tipo clonado, parti para Europa me desligando por completo do cotidiano, da família burguesa, onde tudo é corriqueiro e normal. E dos noticiários na rádio que vinham de hora em hora, lembrar que nada no Oriente Médio é normal e corriqueiro. O jovem mochileiro munido de algumas centenas de dólares, escondidos dentro da cueca, uma mochila nas costas e um saco de sonhos, partia em direção do velho mundo.

Pouco antes da partida uma ex-namorada perguntou se poderia participar da expedição com poucas proposições científicas, e muitas curtições. Era primavera. As cabras estavam no cio e se não me falha a memória, ela também. Decidi começar a longa jornada pela Grécia, ou mais precisamente pelas ilhas gregas.

Depois de uma breve parada em Atenas com as visitas obrigatórias a Akrópolis e ao templo de Afrodite, seguimos de ônibus até Pireus, onde tomamos um barco rumo à ilha de Mikonos.

O deque do navio estava lotado de escandinavos louros do tipo aviadado. Viados debochados passeando de mãos dadas com turcos e árabes como se estivessem em viagem de lua-de-mel.

O barco depois de atracar em Mikonos prosseguiria rumo a Yos, Kos, Lesbos e outras ilhas mais. Todos os viados e eu descemos em Mikonos. Eu optei pela ilha de Mikonos por ser o bilhete mais barato, e os escandinavos por existir, na ilha, uma praia chamada Super Paradise. Praia de areia branca e água azul, onde eles podiam bronzear despidos as brancas nádegas que irião servir de guarida para o sexo dos "brimos", nas noites estreladas do mar Egeu. Toda esta idília descrita entre orientais e nórdicos se deu antes do caricaturista dinamarquês desenhar Maomé.

FRASKULA

No porto, os turistas recém-chegados foram sequestrados por um bando de mulheres vestidas de preto. As energéticas senhoras que lembravam as carpideiras de Zorba eram donas de quartos de aluguel. Eu e Aliza mal pusemos os pés em terra firme, e já fomos rebocados por uma grega chamada Fraskula. Ela, como tantas outras, estava à espera do barco carregado de estrangeiros de frias terras e bolsos quentes. Depois de uma curta barganha sobre o preço da hospedagem dentro das boas normas e tradições mediterrâneas, fomos conduzidos a pé para uma casa no alto de uma colina, em frente à praia de San Estefan. Os estrangeiros foram alojados em dois quartos. No quarto maior os dinamarqueses dispostos a pagar um extra, enquanto no quarto menor, Aliza e eu levantamos acampamento. Diga-se de passagem, serem estas as únicas habitações espaçosas e arejadas com vista pro mar na casa de nossa hospedeira. Fraskula e suas duas filhas que creio terem nascido das duas únicas transas que deve ter tido com o seu defunto marido, se comprimiam em um pequeno quarto nos fundos da casa, agora transformada em albergue turístico. Aprendi nos tempos de recruta que em tudo o que se move você atira, e tudo fixo você pinta de branco, ou mija. Como lei divina ou Marcial, todas as casas nas ilhas gregas eram pintadas de branco, com portas e janelas azuis pra espantar os maus espíritos. O cal branco derramado sobre as paredes irregulares davam um caráter de pureza a todas as casas, tavernas e mosteiros, absorvendo como uma esponja os raios do sol Mediterrâneo. Luz celestial tentando iluminar ou quem sabe apagar os pecados desta Sodoma no mar Egeu. O interior do quarto também pintado de branco estava mobiliado com o mínimo necessário. Duas camas de solteiro, separadas por um tamborete coberto com um paninho rendado. O tamborete servia de bandeja para uma moringa de barro e dois copos de vidro.

Na parede entre as camas, um ícone de Jesus crucificado.

Imagino que tanto a imagem como a água não estavam ali por acaso. Sempre que algum dos hóspedes tivesse desejo ou tentação de pecar, deveria sorver em goles vagarosos um copo de água, pois ninguém, por mais herege que seja, é capaz de fazer amor baixo os vigilantes olhos de um Jesus agonizante. Como para contrastar com as casas pintadas de branco, todas as mulheres da Grécia se vestem de preto num luto perpétuo pelo defunto marido, pai, irmão ou vizinho. Não importa por quem. O importante na mulher grega é estar ela de luto por alguém. Apesar desta afirmação como outras mais não terem nenhuma base científica, devo confessar não ter visto, na Grécia, mulher pra lá dos trinta vestida com cores alegres, ou derramando um sorriso faceiro, destes que escorrem pelos cantos da boca das mulheres bem amadas.

COR DE LIMÃO

A meta desta história é contar sobre um grande amor que falava espanhol e cantava músicas de Luís Llach. Portanto, vou dar o itinerário da viagem até conhecê-la de maneira concisa. Minimizando o mais possível, outras histórias de amores verdadeiros, ou eventuais rapidinhas.

Logo no primeiro dia em Mikonos, namorei uma australiana de cabelos loiros, antes da loira se tornar símbolo universal de mulher burra. Ela não era nem feia nem bonita, como são a maioria das mulheres palpáveis. As realmente belas você não as toca e sim folheia nas revistas de fofoca. Tinha nos olhos um sorriso banal. Lábios carnudos estilo mulher fatal. Gostava de beber cerveja com muita espuma. Depois do primeiro gole, ela suspirava como se estivesse gozando, e olhando firme nos meus olhos, sem dizer uma única palavra, metia com a língua a espuma em volta dos lábios pra dentro da boca. Para finalizar ela dava um estalo com a língua, e um arroto gutural, como a dizer quem era o macho entre nós dois.

O que mais me impressionou nela foram os pêlos pubianos cor de limão galego. Só então me dei conta que as duas loiras do Escandinávia Drinks, onde comemorei meus dezesseis anos, eram oxigenadas.

Finalmente eu tinha uma loira de verdade. Depois de algumas semanas em Mikonos, voltamos a Pireus, e de lá partimos de barco para Brendizi. Creio que durante a minha estadia na Grécia não aprendi mais do que um punhado de palavras em grego.

Catastrofalis, mussaka, uzo, buzuki, calimera, calisfera.

TODOS OS CAMINHOS LEVAM A ROMA

Adeus Grécia.

"*Bon jorno*" Itália.

Desde o momento em que pus meus pés em solo italiano me senti em casa. Afinal de contas, minha língua materna era ou não era de família neolatina?

Trocando a sílaba final de todas as palavras em português, eu comecei a falar italiano. Ou algo que parecia como tal, para surpresa da minha companheira de viagem.

Para justificar a fama da precisão italiana, o trem para Roma chegou com mais de duas horas de atraso. Ficamos alguns dias em Roma dentro do esquema turístico de visitar museus, igrejas, fontanas, e monumentos descritos como patrimônio universal nos guias de turismo. Como cultura não enche barriga, eu comia um retalho de pizza nos lugares turísticos, ou o prato mais barato em uma *tavola calda* de algum beco sem saída. Vez por outra, eu me dava ao luxo de cair prazerosamente em uma cadeira dos infinitos cafés de Roma. "*Maquiato per favore*" eu ordenava como se fosse romano de longa data.

Depois de recuperar as forças, pois o ócio cansa, continuava a andar pelas ruas, em busca das atrações turísticas obrigatórias.

Um mochileiro como eu não iria responder de forma negativa perguntas de parentes e amigos, sobre se eu havia visto o Arco de Tito, o Coliseu e a Capela Sistina. Se respondesse, o inquisidor iria me olhar com pena e desprezo fazendo cara de desgosto, afirmaria com plena segurança ter sido a minha viagem em vão. Aqueles lugares que não havia visitado por falta de tempo ou interesse haviam sido sem dúvida os mais expressivos de sua viagem. Sem estas visitas por ele citadas, toda a Europa não valia a pena visitar. Algo equivalente a comer um cachorro-quente sem a mostarda e o ketchup, ou pior, sem a salsicha. Em outras palavras, eu na minha obtusidade aguda, havia desperdiçado tempo e dinheiro.

Desde que cheguei à cidade eterna, fiquei hospedado em um hoteleco vagabundo perto da estação central de trens, onde viviam absínios, albaneses e outros esquecidos de Deus. Afinal de contas, a viagem é longa, o dinheiro curto, e eu ainda tinha muito chão por pisar.

CONSELHOS DO TRAVECA

Mulher italiana não dá colher de chá pra estrangeiro, enquanto o homem italiano se crê o próprio Bello Antonio, único e sedutor. O macho ultimativo, mesmo quando careca, liso de grana e barrigudo.

Resolvemos partir para Milão, pois se todos os caminhos levam a Roma, a recíproca também devia ser verdadeira.

Dando ouvido aos conselhos de um travesti brasileiro, que dava uns shows num cabaré perto da via Apia, resolvemos viajar de carona por ser mais rápido, eficiente e econômico que os trens italianos.

Segundo o traveca, bom conhecedor dos italianos, quem deveria pedir carona era minha companheira de viagem. Dito e feito.

Mal Aliza levantou o dedo polegar indicando a direção da carona, e uma frota de caminhoneiros italianos já se dispunha a nos levar ao destino desejado. Isso é a maneira de dizer. Mal nos acomodávamos na boleia do caminhão, e os italianos como se não houvessem visto mulher há mais de um século, tentavam passar as mãos nas coxas da minha companheira de viagem, ou nas minhas. Creio que se tivéssemos em nossa bagagem um preá ou uma arara, eles também seriam vítimas do assédio sexual peninsular, pois quando o *catzo* dos "tanos" sobe, o cérebro se oblitera.

Depois do quarto ou quinto caminhão, resolvemos pedir carona somente a carros particulares, de preferência com matrícula estrangeira. Os anfitriões das jamantas se tornavam cada vez mais afoitos à medida que nos aproximávamos do norte.

Pouco antes de chegarmos a Milão, fomos gentilmente recolhidos por um fusquinha com placa alemã. O motorista aparentava ter uns trinta anos. Calvo e muito magro com um tique nervoso no pescoço, como se estivesse sendo incomodado pelo colarinho.

Ele nos contou ter vivido algum tempo em Israel como voluntário, trabalhando num hospital que cuidava de crianças deficientes, e que este havia sido um dos momentos mais felizes de sua vida. Nosso caroneiro falava inglês com um forte acento alemão, colorindo a conversa com algumas frases em hebraico.

Ele nos contou que era membro de uma organização de jovens cristãos da Bavária, que buscavam espiar os crimes cometidos pelos seus pais contra os judeus durante a Segunda Guerra Mundial. Escutei praticamente em silêncio tudo o que ele queria nos contar, e nos despedimos no centro de Milão.

Perto da catedral, tínhamos um endereço amigo, onde poderíamos pernoitar na gratuidade. Evitar gastos extras em viagens estilo mochileiro é de grande importância, já que o ritmo em que eu ganho dinheiro, sempre foi mais lento do que o ritmo em que eu o gasto. Antes de partir, o alemão se aproximou meio sem jeito, entregando nas mãos de Aliza um envelope marrom destes usados pra se enviar objetos não identificados. Pediu que o envelope só fosse aberto no dia seguinte, e que fizéssemos do seu conteúdo o que bem nos parecesse. Antes de chegarmos ao endereço amigo, Aliza aventou a possibilidade de ser o envelope uma bomba ou coisa pior. Eu a tranquilizei, e como havíamos prometido só abrimos o envelope no dia seguinte.

Afora um maço de cédulas coloridas contendo liretas italianas, francos belgas, suíços e franceses, havia um relógio de bolso, e uma carta escrita em inglês com uma caligrafia firme e bem desenhada. A carta estava dirigida a quem a lesse, pois não havia sido escrita para ninguém em particular. De maneira concisa o nosso caroneiro deixava clara a intenção de pôr fim à vida.

Quanto ao dinheiro, ele esperava que o mesmo pudesse trazer um pouco de felicidade para alguém, pois nos ermos celestiais ele não necessitaria nem de relógio, nem de dinheiro. Segundo meu amigo Fernando Seixas, músico profissional e teólogo amador, na vida eterna o tempo é infinito, e o cantinho no céu não se compra com dinheiro, e sim com amor e caridade. Minha dúvida era se deveríamos orar por sua alma em hebraico ou latim, pois apesar de o objeto de nossa oração ser católico, os intercedentes eram judeus do tipo laico. Depois de uma breve discussão, resolvemos sintetizar a dúvida, orando em hebraico na catedral de Milão.

Se erramos na língua, acertamos no lugar ou vice-versa. Depois de uma curta visita ao centro da cidade, pegamos o trem para Veneza, onde ficamos hospedados em um *camping* nas redondezas da cidade. Quero prevenir todo potencial viajante, com pretensões de ver as gôndolas e a ponte do Suspiro, que um café com leite médio, acompanhado de um minúsculo biscoito na praça de São Marco, custa mais caro que uma pizza família em qualquer outro lugar da Europa.

TEREZE E JOANA

Foi em Metre nas cercanias de Veneza que conheci Tereze e Joana. Duas encantadoras mulheres ativistas do partido Socialista holandês. Meses depois, as gentis mulheres das terras de Maurício de Nassau me convidariam para conhecer a cidade de Eindhoven, no sul da Holanda. Cidade pequena e simpática como umas tantas outras mais na fronteira com a Bélgica. Lugar ideal para se fazer uma suruba ao som da Internacional em holandês, tendo como testemunha uma "bandeira rosa" e a foto de Karl Marx em preto e branco pendurada na cabeceira da cama. Sem dúvidas que a foto de Marx me lembrou o Jesus na casa da Fraskula, em Mikonos. Estes dois judeus revolucionaram o curso da história universal. Jesus nasceu e viveu como judeu, apesar de os antisemitas quase afirmarem o contrário. Marx nasceu e viveu como não-judeu apesar de os antisemitas afirmarem o contrário também. Me senti meio constrangido e impotente com minha limitada capacidade intelectual, perante estes dois grandes antepassados. Apesar de judeu, sei que não deixarei para a posteridade nada mais expressivo e marcante que o nome, e as datas de nascimento e morte numa lousa de cemitério. Sei que é desnecessário, porém quero fazer mais uma comparação entre o austero quarto em Mikonos, e o delicioso ninho de amor construído com bom gosto e esmero pelas duas amigas holandesas. Em vez de camas de solteiro, a cama era do tipo "tresal", ou seja para casal e mais um. No lugar da *Bíblia* em grego, "O Manifesto" em holandês. A moringa com água foi substituída por umas latinhas de cerveja belga, e minha passiva ex-namorada por duas inventivas amantes.

Apesar da proximidade geográfica, um mundo separa a Holanda da Bélgica. As holandesas risonhas e liberais, o protótipo ideal da amante real e esposa virtual. As belgas sérias e recatadas, exatamente o contrário.

TUDO POR CAUSA DE DOIS PENNY

Cansado de tantas andanças e mudanças, dei adeus pra Aliza, que neste meio tempo estava de rabicho com um australiano que fazia turismo com maletas de verdade, e cartão de crédito também.

Desejoso de voltar a pintar e melhorar o meu inglês, cheguei numa tarde chuvosa ao condado de York. Bem menos atrativo que Londres, porém bem mais em conta. Na verdade, eu queria ir para Manchester, mas terminei numa outra cidade industrial até então completamente desconhecida para mim. Shefield. Cidade modelo do caráter britânico. Os céus de Shefield eram cinzentos, as casas eram cinzentas, e os moradores também. De colorido na cidade só o ônibus vermelho e as frutas importadas de outros cantos do mundo. Imagino que se as frutas fossem locais os ingleses teriam inventado o tomate, o pepino e a laranja de cor cinza pra combinar com o caráter britânico. Chamou-me a atenção a inexistência de cinemas, teatros, livrarias ou qualquer outro centro de cultura, diante do grande número de *pubs* espalhados pela cidade. Todos os domingos, Shefield em peso ia torcer pelo time de futebol da cidade, que na época devia jogar na quinta divisão.

No caso de o time local vencer, todos iam ao *pub* encher a cara para comemorar a vitória. No caso de o time local perder, todos iam ao *pub* encher a cara para curtir a derrota. Os ingleses passam horas bebendo e mijando, sem trocar uma única palavra com os companheiros de farra. Ao contrário dos bares eternamente cheios, a única biblioteca pública vivia às moscas. Durante a minha estadia na pacata cidade, creio ter sido o único frequentador assíduo da nobre instituição. A biblioteca passou a servir como segunda residência. Todas as manhãs eu lia os jornais, e depois matava outras duas horas mais com algum livro político ou histórico. Depois de alguns dias num hotel de quinta categoria, fui morar num quarto de aluguel dividido com um estudante de cinema, vindo de Trinidad Tobago.

Em Shefield, tudo funcionava à base da moedinha de dois pennys: o aquecimento a gás, o telefone público e o transporte urbano. Creio que com umas cinco moedinhas destas se podia comer em pé um "fishishipi", *fish and chips* frito por asiáticos. Ou deglutir um asqueroso almoço no restaurante universitário onde eu entrava usando a carteirinha de estudante do meu amigo Bengo Benito.

A casa em estilo Vitoriano servia como dormitório e atelier. Chamar aquele quarto de casa era um exagero. Cada área da mansão na rua Norfolk havia, como muitas outras residências, sido divididas e redivididas em minúsculas parcelas. Cada quarto, despensa ou depósito funcionava como república estudantil, para jovens vindos de todas as partes do mundo. Desde a minha chegada a Shefield eu me dediquei única e exclusivamente à pintura. Para minha surpresa e dos outros moradores da "república" eu consegui vender alguns quadros a óleo e desenhos nesta minha fase européia. Quando me refiro à fase européia, estou me referindo exclusivamente à geografia, pois a temática de mulheres nuas sempre foi uma constante em meu trabalho artístico. Estivesse eu na Ásia, na Europa ou na América do Sul. Enquanto outros estudantes ganhavam a vida lavando pratos e panelas nos restaurantes, ou embrulhando compras no supermercado, eu pude sobreviver às custas do talento que os outros acreditavam que eu tivesse.

Depois do sol grego e italiano, o céu inglês me fazia bem. Como nunca gostei de natureza morta, comecei a buscar uma modelo viva. Precisava urgente de uma modelo para servir de musa e servir a mesa.

CARMEN

Quem poderia ser melhor que ela?

Carmen, a primeira e única modelo amor que tive na Inglaterra me custou dois penny. Na verdade, ela necessitava da moedinha para falar no telefone público situado na esquina do meu estúdio. Eu lhe dei a moeda e combinamos que esta me seria devolvida na tarde seguinte. A moeda nunca foi ressarcida, porém Carmem me convidou para tomar umas *copas de vino* e jantar em seu apartamento uma *paella valenciana*, feita no capricho. O jantar foi servido em pratos de porcelana, postos sobre uma toalha de mesa bordada. Para completar o cenário romântico, Carmen pôs duas velas em castiçais de prata verdadeira. Tanto a toalha como a prataria eram herança de uma tia-avó, que depois de enviuvar se tornou madre superiora em um convento na região dos Pirineus.

Voltar pra casa naquele frio outonal não me parecia uma boa ideia. E muito menos deixar aqueles olhos verdes, inteligentes e carinhosos com os quais Carmen me fitava em silêncio.

Ela entendeu meu olhar comprido de menino pobre, e sem muito rodeio convidou-me para passar a noite entre os brancos lençóis bem lavados e cheirosos. Desde o começo de minhas andanças pela Europa eu dormia num saco de dormir acolhedor, porém pouco arejado. Ela era bolsista da OMS, e estudava planejamento familiar na universidade local. Assunto interessante, para quem nos tempos de estudante financiou tantos anjinhos na Terra Santa, eu pensei comigo mesmo. Carmen me explicou através de gráficos e estatísticas o perigo de engravidar, mesmo usando DIU, espermicidas, camisinha ou pílula anticoncepcional. Portanto, como prevenção era a palavra chave no planejamento familiar, tudo no relacionamento entre ele e ela deveria ser planejado nos mínimos detalhes. Abaixo a espontaneidade da rapidinha. É importante salientar que todos os eventos descritos no período britânico se deram antes da AIDS. Quando as transas eram feitas sem muito tino, sendo o maior risco uma gravidez indesejada, uma gonorreia mediterrânea ou gota serena pireneia. Carmen me olhou fundo nos olhos, e impôs as regras do jogo. Se eu realmente queria fazer amor tinha que me sujeitar ao uso da camisinha dupla, pastilhas espermicidas de cor amarela com cheiro de enxofre, e outros apetrechos mais. Estava claro que uma gravidez indesejada em uma expert no assunto seria pior que um gol-contra na final da copa do mundo. Durante algumas semanas desenhei, pintei e amei esta incrível mulher.

O CONVITE

A idília que poderia ter continuado *sine dia* foi interrompida por uma carta dirigida a Mr. Ephraim com ph. A carta com uma caligrafia bem desenhada sobre papel seda havia sido escrita usando caneta tinteiro e mata-borrão. Os selos alemães e o carimbo do correio remetente diziam que a carta havia sido enviada de uma pequena cidade no sul da então Alemanha Ocidental. Carta convite cheirando a perfume de amor. Existe um monte de coisas na vida que tem cheiro. Gato morto cheira a carniça. Boi morto cheira a churrasco. A traição tem cheiro doce, e o ciúme também. Amor tem cheiro de amor, como pipoca tem cheiro de pipoca.

A remetente se chamava Erika. Uma destas poucas mulheres a quem não se pode dizer não. Ela me convidava para invernar na casa dos seus pais no sul da Alemanha. Carmen, triste, porém compreensiva, me levou à estação central de Shefield, onde se despediu de mim com um "*farewell*" dito baixinho, enquanto me olhava com carinho. Adeus para quem parte sem pretensões de voltar. Carmen me entregou uma sacola com comida pra viagem, e uma carta destinada a sua herdeira alemã com as instruções de como me tratar de um forte resfriado que havia contraído na última semana em Shefield.

– Isto é para você ler no caminho. Ela falou baixinho me entregando nas mãos um livro do famoso psicanalista Wiliam Reich. "*Listen litle man*". Pequeno livro com grandes ideias sobre os subs e vices do mundo. Independente da geografia, todos os vices e subs são homens amargurados. Não importa se o cara é vice-presidente da General Motors, ou vice-secretário da câmara de vereadores de Glória de Goita. Homens que chegaram próximo, mas não fincaram a bandeira no topo da montanha. Tão perto, porém tão distantes. Instintivamente abri o livro na primeira página, pois não podia imaginar um livro dado pela Carmen sem dedicatória.

"Para o homem mais inteligente, formoso, charmoso, generoso, carinhoso, sexy... etc., da mulher mais inteligente, formosa, charmosa, generosa, car...

ZANZANDO NA BEIRA DA PRAIA

Esta era minha segunda ida pra Alemanha, onde já havia passado dois meses no último final de verão. Minha primeira passagem pela Alemanha havia se dado alguns meses antes, quando encontrei em Nice uma professora de dança que me convidou a repartir com ela uma cama de solteiro com travesseiro e colcha de pena de ganso. Como os pássaros migratórios com a chegada do outono, eu também resolvi migrar pela Riviera francesa.

Riviera, pra quem vem do Nordeste do Brasil, não é lugar geográfico. É símbolo de *status*, como automóvel Cadilac, uísque escocês, e puro cubano. Todo mochileiro errante termina num destes lugares exóticos que parecem existir só no canal da National Geografic ou revista Caras?

Atração fatal. Por estes tempos creio que deixei de sentir o cheiro do óleo e da creolina usados durante o serviço militar na limpeza diária do fuzil e do banheiro respectivamente. Ao contrário do cheiro da loção após barba, que desaparece rapidinho, o cheiro do óleo e da creolina se incrusta por baixo da pele. Mesmo que ninguém nas vizinhanças o sinta, você continua a senti-lo por muitos anos mais. Não me lembro bem se passava o dia zanzando, cantando, ou deitado na areia da praia, curtindo a liberdade absoluta de não ter que fazer absolutamente nada de produtivo. Como as gaivotas, minha função existencial neste período da vida se resumia a buscar comida durante o dia, e carinho durante a noite. Apesar de liso, pois não há conta de hotel que nunca se pague, nem dólar que nunca se acabe, não comi gilete nem passei fome. Entre meus bons amigos, sempre houveram garçons, cozinheiros e lavadores de pratos em bons restaurantes, *bistrôs* e *fast food* que garantiam o meu pão de cada dia. Às vezes, o pão vinha coberto com pasta de anchova, salmão defumado ou, *patê de foie gras*. Outras vezes, com *fromage de chevre*, presunto "pata negra" ou uma simples hamburguesa. Tudo isto sem falar nas meias garrafas de vinhos tintos deixadas de sobra nas mesas do Ristorante Alfredo no centro da cidade. As garrafas eram devidamente esvaziadas entre amigos diretamente do gargalo, pois não tínhamos taças de vinho, e beber bons vinhos em copo descartável era simplesmente uma afronta imperdoável ao nosso estilo e paladar. Depois de algumas semanas no mesmo local, era sempre bom partir para a próxima parada. Os amigos começavam a oferecer trabalho, e um deles me ofereceu a irmã como testemunho da nossa amizade.

O CASSINO

Estava duvidoso para onde prosseguir viagem. A Riviera é grande, e todas as opções me pareciam muito atrativas, apesar de caras. Saint Tropez, Cannes, Nice, Saint Paul de Vance, Saint Marie de Moustier. Quem pode abrir mão de visitar lugares onde viveram os grandes mestres da pintura moderna? Ou deitar nas praias, onde estrelas famosas e estreantes bronzeiam os corpos bem ajambrados de *top less,* na esperança de serem encontradas por algum caçador de talentos ou "patrocinador" interesseiro.

Eu andava pelas ruas da cidade me sentindo o próprio artista em potencial. O Kirk Douglas incógnito, apesar da barroca no queixo.

Que desperdício. Onde estavam os olhos dos caçadores de talentos que não viam este potencial *star* a andar desempregado no calçadão de Cannes?

Decidi mudar de lugar para mudar de sorte.

Adieu Cannes, *bonjour Nice.*

Desde o primeiro dia em Nice resolvi mudar de tática. Em vez de almoçar batata frita como de costume, me sentei num café em frente à praia, chamado Café Royale. Os franceses, apesar de orgulhosos e solidários com a revolução, no fundo do peito são mais monarquistas que os ingleses, holandeses, dinamarqueses e tailandeses. O café estava perto do calçadão diante do mar.

Foi neste recanto da praia que eu resolvi instalar minha base de operações. Apesar de jovem, eu já sabia que é mais fácil paquerar sentado num café à beira-mar, que comendo batata frita num saco de papel em pé.

Foi no Café Royale, situado na esquina do hotel Negreiros, que encontrei Rouda. Jovem húngara que servia como dama de companhia a um judeu rico em troca de salário, e nas horas de folga passou a acompanhar um judeu pobre por puro e mero prazer. Ela (a dama de companhia) me convenceu a cortar o cabelo, tirar as sandálias franciscanas e a trocar o jeans surrado por um *black-tie.* A entrada no cassino exigia um chique padrão de quem ganhou o prêmio Nobel de química, ou roubou o fundo de garantia dos companheiros de trabalho. Disposto a investir alguns dólares no *look* elegante, saímos em busca de uma loja chique. Não longe do cassino, havia uma loja de aluguel de roupas onde você entrava de jeans e saía de *smoking*. Afinal de contas, cassino não é casa de mãe Joana, nem gafieira. Para entrar no salão de jogos tem que estar vestido a rigor.

Nenhum dos gorilas postados na entrada do cassino me perguntou se tinha títulos acadêmicos, qual igreja eu frequento, ou certidão sobre a origem do dinheiro a ser gasto nas cartas e roletas.

O único critério necessário para se entrar no cassino é a indumentária. Tanto Rouda como eu estávamos vestidos a rigor, como manda o figurino.

Depois de passar o crivo da porta de entrada, você é automaticamente creditado como *buona gente,* independente do que você realmente é. Rouda, a dama de companhia, e Efraim, o mochileiro, fantasiados de longo e traje a rigor, andavam entre os ricos do mundo sentados nas roletas e mesas de jogo.

Rouda tirou da bolsa umas fichinhas coloridas que seu generoso patrão havia lhe presenteado. Maconheiro e *gambler* gostam de ver as pessoas em sua volta dopadas, ou bufando adrenalina em frente à mesa de jogo. Depois de um curto debate sobre o que fazer com os getões, resolvemos trocar as fichas por moeda corrente, pois sempre um jantar *gourmet* num hotel cinco estrelas é mais atraente que gastar adrenalina na roleta.

Conhecedores da história de Cinderela, resolvemos não arriscar. Antes da meia-noite saímos do hotel cinco estrelas e fomos dar uma rapidinha, no sem estrelas onde eu estava hospedado.

"*Viva la dulce vita*".

HOTEL DE FRANCE

Apesar do nome pomposo, Hotel de France é um hoteleco situado no centro da cidade, bem no meio dos restaurantes e comércio geral. Hotel com poucos turistas e muitos caixeiros viajantes.

Eu aluguei o quarto mais barato, se é que se pode chamar uma cama infantil entre as quatro paredes de quarto de hotel.

Um cubículo minúsculo no primeiro andar de um prédio, que anos mais tarde soube defini-lo como *Art Nouveau*.

A única janela da habitação era mantida fechada, estando o quarto situado a menos de três metros de uma ponte de ferro.

A cada hora passava um trem pela ponte. Quem estava na habitação, sentia a locomotiva com todos os vagões entrando quarto adentro, como se a cama fosse a continuação dos trilhos.

O dono do hotel falava um francês carregado condimentado por um monte de palavras em árabe. Ele era o que os franceses chamam de *"pied noir"*. Careca e gordo, com um tique nervoso nos olhos, e as mãos sempre molhadas de suor.

Ele odiava árabes, negros, judeus, americanos e comunistas. Ou seja, ele odiava tudo que não era francês. A lógica do xenófobo era simplória e dizia ser o inimigo do seu inimigo, amigo. Por exemplo: a Rússia era comunista e apoiava os árabes contra Israel. Logo ele como antiárabe e anti-comunista, simpatizava com o lado israelense. A simpatia para com os israelenses, não o impedia de odiar os judeus em geral, e os judeus franceses em particular. Entre as pérolas pseudo-históricas, ele atribuía aos judeus de Paris a derrota da França na Segunda Guerra. Jamais tentei explicar-lhe com detalhes o fato de eu ser meio judeu e meio comunista.

Na verdade, nunca me comprometi com nada até o fim. Depois de uma semana de amores aeróbicos, Rouda voltou para o principado do Mônaco, voltando o autor destas memórias a comer batata frita num saco de papel. Eu zanzava no calçadão, solteiro, livre e desimpedido. Deixei a barba crescer, e outra vez vestia o jeans com sandálias franciscanas. Durante minhas andanças à beira mar, encontrei um casal de chilenos, recém-radicados na França. Ambos refugiados. Ele abandonara o Chile quando Allende subiu, e ela quando Allende caiu. Para sobreviver, eles vendiam sanduíches naturais, obras de artesanato sul-americano, fazendo entre uma e outra venda, massagem nos praianos confortavelmente deitados nas cadeiras de tomar sol. Apesar de nunca ter feito uma massagem na minha vida, fui contratado como subempreiteiro no próspero empreendimento do casal.

ERIKA

Minha primeira e única cliente foi uma jovem alemã que me contratou com exclusividade pelo resto do dia, e da noite também.

Depois de massageada com óleos aromáticos, fomos comer um sanduba natural feito de pão preto, queijo de soja com alface e tomate orgânico. De maneira intuitiva, devo ter feito na linda alemã uma massagem tantárica, mesmo sem saber da existência desta antiga arte de se conduzir a mulher ao orgasmo, massageando a jugular ou o tendão de Aquiles. Apropo. Os entendidos no assunto dizem que quem gosta de pica é viado. As esposas querem *status*, as namoradas promessas e as amantes carinho. Podem tomar o meu dizer por testemunho idôneo e verdadeiro. Qualquer mulher pode chegar ao orgasmo com uma pequena atenção. Às vezes, um alisado no ombro, outras vezes um olhar nos olhos, um toque na mão, ou um quilate no dedo.

No dia seguinte, ela me convidou para juntarmos os teréns, pois suas férias estavam por terminar. O fusca carregado de bagagem subiu montanhas, desceu vales, cruzou rios e lagos cortando a Suíça em direção à Alemanha. Erika (minha anfitriã) era a antítese do tipo ariano. Morena, magra com dois olhos negros e cabelos longos, quase sempre arrumados num coque estilo novela brasileira sobre os anos 30 do século passado.

Depois de uma semana de viagem e passeios por paisagens pastorais entramos na Alemanha. Nos meus sonhos juvenis, eu me via entrando na Alemanha na torre de um tanque de guerra, e não sentado no banco de um fusquinha, segurando a mão de uma alemã de verdade. Porém, como salientei no comecinho do livro, os deuses riem, no passado, dos nossos planos futuros.

A última parada antes de chegarmos à cidadezinha de Allen foi na catedral de Ulm. Expressiva como todas as igrejas góticas, com torres pontiagudas como que tentando arranhar os céus. Desde o momento em que entramos em território alemão, eu olhava cada homem ou mulher com mais de 50 anos como um potencial nazista. Que teria feito o simpático vizinho, o gentil tio e o delicado pai da minha namorada durante os anos da Segunda Grande Guerra?

Depois de cruzar a rua principal e uma ou duas ruas laterais, chegamos à residência dos pais de Erika, perto da estação de trens. Estacionamos o fusquinha no pátio de uma casa com três andares, onde fomos recebidos pela família de minha anfitriã.

Erika, por telefone, havia prevenido os parentes sobre a minha chegada. Todos os familiares estavam a nossa espera no pátio. Curiosos em saber, quem era o jovem asiático que a irmã, filha e neta trouxera das férias no sul da França?

Ajudado pelos familiares, subimos com nossa bagagem os três lances de escada, até chegarmos num imenso sótão, transformado em habitação. Nosso quarto (meu e da Erika) estava situado no teto da casa, o que permitia o convívio familiar com privacidade.

Alguns dias depois de nossa chegada, fomos a Stutgart comprar telas e tinta. Não me faltaria inspiração nem modelo neste inverno europeu. Aproveitei o tempo livre enquanto Erika se encontrava com uma amiga de infância, para visitar algumas galerias de arte, tomar um chope na caneca, e comer um joelho de porco com chucrute. Era o começo do inverno, e as primeiras nevascas nos levaram para Áustria onde alugamos um *zimmer* romântico perto das montanhas de Caprun. Como todo israelense tem um "quê" de argentino, dispensei os conselhos da minha anfitriã. Erika tentou me convencer a tomar algumas aulas de esqui alpino, antes de esquiar de verdade. Deixei bem claro, que para um recém-desativado do exército israelense não era necessário desperdiçar tempo e dinheiro com aulas de esqui. Esquiar me parecia por demais simples pra que alguém me explicasse como se desce do cimo ao sopé da montanha. Pura lei da gravidade.

Todo o resto, detalhes. Só quando já estava com os esquis nos pés, comecei a cogitar se não teria sido melhor tomar uma aula, antes de despencar numa pista demarcada nos mapas da região como "negra". O caminho entre o topo e o sopé da montanha me pareceu mais demorado e dolorido que exame de próstata em hospital universitário. Além do corpo moído e triturado, a vergonha de ser ajudado a levantar da neve por uma delicada mulher com a metade do meu peso. Os últimos cem metros em direção à choupana no meio da montanha, foram feitos com os esquis nas costas, quase arrastado por minha anfitriã, e uns dois funcionários da estação de esqui que se apiedaram de mim.

Dolorido e humilhado, cheguei depois de algumas horas ao lugar usado pelos esquiadores como ponto de alimentação e descanso. Comi um prato fumegante de *goulash* que me devolveu a vontade de viver. Usando minhas últimas energias, consegui voltar para o quarto onde estávamos hospedados. Lá fui desnudado com a gentil ajuda da minha amiga, e posto numa banheira de água quente.

O corpo pintado de verde e roxo afundou como um saco de batatas no banho preparado com sais e óleos aromáticos. Eu estava na jante, como não me lembro ter estado até então. Depois de uma curta análise sobre a situação objetiva em que eu me encontrava, resolvemos voltar no dia seguinte para Allen, pois não tinha condições físicas nem de sentar na varanda do quarto para apreciar a paisagem. Quase 20 anos serão necessários para me recuperar do trauma vivido em Caprun, e colocar novamente esquis, desta vez, sob os olhos vigilantes de Sandrine, minha delicada G.O. no Club Med de Villar.

A VOLTA DO FILHO PRÓDIGO

Durante o dia eu pintava, e à noite meditávamos sobre a vida virando copos e mais copos de shnaps e vinhos caseiros, antes de entrarmos no nosso ninho de amor. Amor com A maiúsculo e R sorocabano como só minha amiga Carla sabe pronunciar. Apesar de não saber alemão, Israel passou a ser palavra chave nos noticiários do rádio e da televisão. Entendi que algo de importante ocorria no Oriente Médio, onde a visita de Sadat abria perspectivas de paz. Boa razão para se voltar para casa.

Alguns meses depois, dando continuidade às cartas de amor, Erika veio me visitar em Israel. Entre as muitas lembrancinhas, ela trouxe de presente pra minha mãe uma toalha de banho bordada. Toda mulher inteligente e perspicaz sabe que o caminho ao coração do amante passa pelo crivo da mãe em geral, e judia em especial. Conhecedora do caráter materno, Erika avisou que a toalha "*is for to use*", já que existe uma tradição familiar de não se abrir garrafas de vinhos, perfumes, latas de sardinha e muito menos usar objetos de luxo no dia-a-dia. Depois de três semanas percorrendo o país de Metula a Eilat, Erika resolveu voltar para Alemanha. Vinte dias foi tempo bastante pra ela chegar à conclusão de que era melhor ter-me como amante, que como marido. Mulher fina, delicada, encantadora, porém ciumenta. O contrário da risonha Laura Molievitz, mulher também encantadora, mas impulsiva e argentina. Enquanto Erika curtia meus pequenos deslizes românticos em silêncio, derrubando uma garrafa de vinho sem nunca reclamar, Laura quebrou todos os pratos no chão.

Chamou-me de *"hijo de puta",* e ainda ameaçou usar um canivete de capar porcos no caso de ousar repetir a ousadia de lhe pôr outra vez um par de cornos.

Antes de voltar para Alemanha, Erika me entrega uma carta pessoal, que terminava com os dizeres: *"Bye bye, my dear buterfly".*

Tão concisa e tão encantadora!

ENTRE A TRANSA E O BAURU

Nada como uma ceia nordestina, no pátio de São Pedro, com tudo a que se tem direito. Macaxeira com manteiga de garrafa, carne de sol, cuscuz, suco de graviola, e um copo de café com leite pra completar. Depois de matar as saudades culinárias, resolvi dar um giro por detrás da pracinha do Diário. Acho que até hoje não tem nome próprio, recebendo o nome de pracinha do Diário por tabelinha. Talvez seja melhor assim. A outra opção é da pracinha ser batizada com nome de defunto, já que praça, rua e estádio de futebol não se põe nome de gente viva. A partir das oito da manhã, junto com os funcionários dos escritórios de contabilidade instalados nas redondezas, chegam ao local um batalhão de meninas suburbanas dispostas a ganhar uns trocados em troca de um amor descuidado. Voltei à rua por trás do cais de Santa Rita como as tartarugas voltam às praias onde foram desovadas trinta anos antes. Por uma questão de costume, saudosismo ou simplesmente amor e carinho para com o conhecido. A rua era a mesma, e até as meninas pareciam ser as mesmas, como se o tempo houvesse parado. Somente o linguajar agora era distinto, e mais sofisticado do que na época do Geraldo Vandré. A troca de olhares, e o convite dito de forma tão natural podiam enganar algum desprevenido que não percebesse se tratar de profissionais. O biquinho de preá no cio feito pelas meninas fazia o cretino pensar ter ganho a garota no olhar.

– Meu bem..., falavam elas de mansinho, sugerindo as possibilidades de se fazer um amorzinho. Amor com todos os requintes que um dia foram luxos, e nos últimos treze anos tornou-se o trivial simples. A abordagem nos anos sessenta do século passado era acompanhada de um toque leve e desproposital, como o alisar materno do filho febril. A displicência do toque carinhoso era capaz de defenestrar o mais careta dos casados. O mais casto dos seminaristas, sem falar dos adolescentes laicos eternamente predispostos a renunciar ao bauru com guaraná em troca de um amor pago. Antes mesmo de dizer o sim, o candidato já se via seguindo a bunda rebolante dentro do vestido justo que logo mais estaria pronta para ser comida sem maiores exigências. Na verdade, a única exigência sobre a qual não se discutia era o pagamento adiantado do michê prefixado.

– Bota devagarinho meu bem, diziam as mocinhas cuidando de lubrificar com saliva as pregas do fiofó, prontas para receber o falo do dono dos cabrais. O pedido dito em tom de menina dengosa convidava o cliente a fazer exatamente o contrário. O andar térreo dos prédios na vizinhança eram ocupados por lojas de material de pesca, escritórios de contabilidade e cartórios, que vão bem em qualquer lugar com as safadezas dos andares superiores. Entre um escritório e outro, uma escada de madeira mais pisada que esteira de academia, conduzia o casal aos ninhos de amor. Por uma questão de preservação da moral e dos bons costumes, os quartos de aluguel se situavam a partir do primeiro andar., evitando desta maneira, que as pudicas senhoras e mocinhas da sociedade pudessem testemunhar toda esta falta de vergonha. Os minúsculos biombos estavam divididos por lâminas de compensado que permitiam a todos escutar os pedidos, gemidos e taras do vizinho. Os quartos tinham o espaço suficiente para a cama e uma bacia com água e sabão, já que nenhum cidadão por mais cretino que seja, vai voltar para a casa com cheiro de xibiu alheio. Esta necessidade de se lavar os órgãos genitais depois do ato sexual existe, apesar de alguns preconceituosos acharem que todas as bocetas têm o mesmo cheiro. É verdade que podemos generalizar o odor das xanas, porém nunca destruir as particularidades das mesmas. Não existe mulher que não saiba reconhecer as diferenças entre o cheiro da sua e o das outras. Algumas mulheres mais cuidadosas costumam espremer um limão na xereca para matar as bactérias odoríferas. Segundo meu amigo José Getstein, estas são excelentes ocasiões para se acrescentar um pouco de gelo e pinga pra fazer uma caipixota. Bebida forte capaz de levantar a moral e o pau também. Para quem não sabe, caipixota é a caipirinha feita no capricho usando a xoxota da parceira como *shaker.* Num desses papos de fim de festa, o companheiro de farras Agnóstenes confessou que ele curtia mais ver a mulher de joelhos lavando os órgãos genitais do próprio que da transa em si. Se não fosse tão cretino, imagino que o meu amigo, que um dia fez voto de pobreza, obediência e castidade, seria capaz de pagar pelo epílogo sem necessitar todo o atrapalho do ato principal.

O CONCORRENTE

Não me lembro quem disse que nadar e trepar fazem mal de barriga cheia. Não é necessário se salientar a barriga cheia depois da ceia nordestina, nem a pouca disposição de nadar na praia de Boa Viagem, que virou, nos últimos anos, viveiro de tubarão.

Portanto, na falta do que fazer, dirigi-me a Camboa do Carmo. Aterrissei na joiotica Rio Branco, no exato momento em que entrava um senhor idoso, carregando pela mão um menino de uns cinco anos, com duas trilhas verdes de catarro entre o nariz e a boca. Parece que a suculenta ceia nordestina comida na hora do almoço foi providencial e cuidadosamente planejada pelo meu anjo da guarda. Como vocês podem testemunhar, os fatos ocorridos naquele dia hoje me servem de matéria-prima para encher a linguiça das histórias familiares.

O garoto estava vestido que nem matuto festejando primeira comunhão, ou quando sai de viagem à capital. Tudo novo e apertado, deixando transparecer na cara do garoto o desconforto de toda aquela inesperada elegância. De vez em quando, o menino com a habilidosa ajuda do antebraço direito, limpava o nariz, e olhando pro lado como a se certificar não existirem testemunhas oculares, limpava a meleca no braço da cadeira, como quem não quer nada. O velho entrou segurando o chapéu em silêncio, como se a loja fosse uma igreja. Depois de alguns momentos de aclimatação, uma das vendedoras perguntou delicadamente ao senhor de chapéu na mão, se estava em busca de um relógio de pulso, óculos de grau, ou quem sabe um anel de formatura.

A resposta foi dada em silêncio com um movimento de cabeça.

Depois de uma pausa, como quem mede cada palavra, o velho falou baixinho que ele não estava interessado nem por um, nem pelo outro, porém queria saber se esta era a loja de seu Francisco, que andou a comprar pedras pelo interior da Paraíba.

Sempre atenta a tudo que se passa no seu domínio, minha tia deixou o cliente interessado em consertar um trancelim de prata. Ela foi logo perguntando ao recém-chegado, a troco de quê buscava o seu marido. O paraibano, sem muito rodeio, abriu as cartas, declarando ser o menor que ele rebocava pela mão, filho do seu Francisco que andara a comprar pedras no seu município se dizendo solteiro e descompromissado.

Ele havia feito mal à sua filha, deixando a moça grávida.

– Se não fosse ele, teria sido outro. Falou em voz alta Cléia, a mais fiel das funcionárias, defendendo os interesses do patrão.

O velho pensou consigo mesmo ser o dito da vendedora pura verdade, porém reclamou o descaso do comerciante ao saber estar a sua filha de bucho. Seu Francisco havia deixado no pendura a promessa de comprar uma máquina de costura e um rádio transistor para a namorada grávida. Para o batizado ele não veio, nem mandou presente ou dinheiro pra ajudar no sustento do menino. Na verdade, seu Francisco jamais voltou à pacata cidadezinha de Patos.

Segundo outros comerciantes, ele havia transferido o centro de compras das pedras semipreciosas para outro município.

Só então, o velho anônimo se apresentou como "seu" Juarez. Avô materno do menino, acrescentando seus dons profissionais de exímio tocador de cavaquinho, pandeiro e outros instrumentos musicais. A cena me encheu de entusiasmo, pois não é todo dia que nasce um primo na família. Ainda menos um que já anda e com dentição completa.

Esta inesperada parentela não tirou minha tia da sua eterna fleugma. Como se a cena surrealista destes parentes surgidos do nada fosse há muito tempo esperada por ela, sendo só uma questão de tempo a vinda de um enteado pra quebrar a monotonia e a rotina na vida cotidiana da família Abramof. O velho fez sinal de que havia trazido a encomenda e cumprido com sua missão, como Miguel Strogoff, o mensageiro do Czar. Perguntou se podia usar o mictório, e antes de sair da loja tomou um copo de água olhando de viés pra se certificar que o menino estava sentado na cadeira quieto à espera do pai, e não debulhado em lágrimas. Como era de se esperar, o garoto ficou mudo como um peixe. Nem mesmo quando minha tia perguntou se queria algo, o menino respondeu com palavras. Sem olhar para o lado, ele abanou a cabeça enfiada no copo de vitamina de banana que o *office boy* havia comprado na esquina sem proferir uma só palavra. Depois da vitamina, o guri traçou um pacote de biscoito

Champanhe, degustando a iguaria em pequenas mordidas. Menino pobre sabe desde pequeno que não há pisa de mãe que nunca se acabe, e nem biscoito que sempre dure. Além disso, não é todo dia que um pacote inteiro de biscoitos está à disposição. Bem próximo da hora de fechar a loja, quando a porta da frente já estava meio arriada, e os empregados transportavam a mercadoria das vitrines para o cofre, voltou o velho quase sem fôlego, olhando pra minha tia, que conhecedora dos macetes da vida, separou três cédulas de Cabral para financiar a passagem de volta do inesperado contraparente.

Depois de umas respirações profundas, o velho agradeceu o dinheiro com um movimento de cabeça, e sem muita explicação, puxando o menino pela mão, se foi como havia chegado. Seu Francisco, pai do menino, era o turco dono da loja do outro lado da rua.

O *CONNAISEUR*

Desde bem cedo recebi fama de entender do assunto.

Exímio conhecedor da fisiologia e psicologia do *homo sapiens* e adjacências. "Tudo que era humano, não me era estranho."

Psicólogo nato, sem qualquer estudo formal ou preparo acadêmico. Apesar da falta de um B.A. eu era um exímio conhecedor da alma humana. Testemunha neutra das vilezas fantasiadas em virtudes, existente em cada um de nós, pois sermos virtuosos é fácil.

O difícil é definirmos o que é a virtude. Não só a virtude, como coragem, humildade, fidelidade e justiça. Qualidades glorificadas por todos, porém interpretada de maneira distinta. Qual o herói que repetiria a façanha de morrer pela pátria uma segunda vez?

Qual a esposa fiel que não se arrepende de nunca ter traído o marido fiel? Esposa fiel gosta de marido galinha, como marido galinha gosta de esposa fiel. Todo pobre sonha em ser rico, nem que seja por um dia. Todo rico curte de vez em quando brincar de pobre. Comer um "PF" no bar da esquina, fumar cigarro de palha e em vez de golfe, jogar porrinha no banco da praça, pois existe em todos nós uma inexplicável atração pelos opostos.

Todas as qualidades humanas são enganosas e parciais.

O beijo do pedófilo com ares paternal, o abraço fraternal do fratricida ou o delicado chupão no pescoço do vampiro potencial. Tudo sempre encoberto pela manta das boas intenções, pois são elas que levam o cidadão desprevenido à carreira política, ou às fornalhas do inferno. As almas alheias eram para mim como livros abertos. Nas sorridentes artistas de TV com aquele eterno sorriso "Colgate" eu descobria um "quê" de tristeza no canto do olho, por baixo da pesada maquiagem. Enquanto em outros, as caras tristes não eram mais que uma obrigação social. Uma máscara de carnaval escondendo o sorriso no canto da boca. Exemplos de alegria disfarçada em tristeza, ou o inverso, é o que não faltam.

Pelo menos dois exemplos me veem à cabeça neste momento. O primeiro é o companheiro de viagens Jose G., inventor da caipixota. Ele era conhecido em Salvador da Bahia como braço de vitrola. Apesar de desafinado, foi-lhe dado na escola um nome musical. O cognome nada tinha a ver com as cordas vocais do meu amigo. Este apelido era resultado de uma circuncisão malfeita, que deixou o pênis do rapaz torto para sempre.

Torto, porém não aleijado, dizia J.G. com uma ponta de orgulho.

Se não tomasse cuidado, ele era capaz de molhar o pé do vizinho no mictório público. Mas em assunto de mulher J.G. era um show de bola. Reconhecido e afamado garanhão. O estranho formato do seu órgão genital servia como arapuca pra mulher curiosa. E como diz o povo, não existe mulher que resista a uma novidade. Seja moda de roupa, penteado ou batom.

Um verdadeiro chamariz. Até dava dó ver o companheiro de farras fingindo um ar triste durante a missa pela alma do Marcelo, seu rival nas eleições para o cobiçado posto de síndico não remunerado de um prédio na praia de Amaralina.

O inesquecível colega Marcelinho. Querido irmão e companheiro na luta pela limpeza do prédio e progresso da nação, era como J.G. pranteava o concorrente morto num desastre automobilístico uma semana antes das eleições. Outro exemplo que me vem à cabeça neste momento é um colega de estudos chamado Jaiminho. Vulgarmente conhecido como pereba. Depois de 15 anos de casado, o Jaiminho, apesar dos cento e vinte quilos, pulou pra fora da panela, voltando à boa vida de solteiro.

Na divisão dos bens com a esposa, ele ficou com o apartamento à beira-mar, o papagaio que falava indecências, e a granja na serra. Ela ficou com as quatro filhas que haviam saído a cara e o caráter da avó materna. A ex-esposa, que conhecera neste meio tempo um americano milionário de Miami, jogou na cara do meu amigo que ela e as filhas dispensavam a divisão dos imóveis, e a micha pensão familiar. Segundo um amigo em comum, ela mandou o ex-marido enfiar no rabo os poucos bens que fizera durante os anos de vida conjugal.

PSICÓLOGO DE MEIA PATACA

Porém, se conhecer os sentimentos de caras estranhas é fácil, o mesmo não se pode dizer dos amigos e parentes. Alguns mais fechados que cortina de cassino ilegal, e difíceis de destrinchar que número de conta bancária no estrangeiro. Cara de *poker,* dessas que não deixam vazar absolutamente nada. Apesar da manifestação de alegria sincera em me rever depois de uma temporada longe do Recife, o tio Jones deixava transparecer uma infinita tristeza.

Cara de quem perdeu a loteria esportiva por um jogo, e ainda por cima vendido pelo goleiro do time favorito. Amarga sensação de ter estado tão perto do Olimpo. Tocado na felicidade antes de ela ter se esvaído por entre os dedos, como areia do mar. Deixando um sufoco na alma, e um nó cego na garganta.

Sorte que era toda sua, e fora em busca de outro.

Simplesmente triste. Para momentos como estes, existem sobrinhos com vocação de psicólogo amador.

Como que distraído, lancei no ar aquela pergunta prosaica e descomprometida, que como uma bóia salva-vidas é lançada sempre que não se sabe o que dizer.

– E o que se conta de bom?

Pois é sabido que notícia ruim chega rapidinho por telefone, ou vem escrito no jornal da manhã.

– Tudo jóia! Foi a resposta, acompanhada de um sorriso sem graça.

O tio usava de propósito uma gíria modernista, mostrando assim estar ligado ao contexto contemporâneo, apesar de na época já beirar as sessenta primaveras.

A resposta veio com um balançar de cabeça que dizia exatamente o contrário. Mesmo antes de sentar, comecei a passar-lhe o relatório sobre os amores eternos e as transas passageiras, das últimas três semanas. Com um ar atento, temeroso em perder o fio da meada e parecer senil como um outro parente que sempre pedia para eu repetir a última frase, o tio escutou em silêncio até o ponto da transa na rede. Neste momento, ele me interrompe com um ar vitorioso, dizendo que esta história eu já havia contado o mês passado. Somente a cor da rede pendurada na praia de Gaibu era diferente.

– Bom, é isto mesmo. A vida não é moleza não. Falou o tio como se estivesse convencido de que jamais iria ser capaz de competir com as histórias reais, imaginárias ou simplesmente recicladas do sobrinho. Como eu fiquei em silêncio, ele riu outra vez e contou ter estado a noite passada na casa do patrão.

Entre um e outro copo de uísque com guaraná correu um filminho de sacanagem braba. Filme com artistas louras oxigenadas, tendo por parceiros negros verdadeiros falando alemão com legenda em português. Cada crioulo dono de invejável instrumento, que o tio punha uma ponta de dúvida na veracidade dos mesmos.

Minha amiga Suzana, que se diz grande conhecedora do assunto, afirma serem verdadeiras as medidas, acrescentando detalhes íntimos do seu conhecimento, pois o comprimento do atual amante mal chega a ser o diâmetro do "falecido". O termo "falecido" ou "o coisa" é usado por ela para definir o ex-marido apesar de o mesmo estar vivo e bulindo. Eu perguntei pelo final do filme sem paciência de escutar a detalhada descrição de cada cena. Já que todas as películas deste teor de sacanagem terminam sempre com a mesma majestosa ejaculação do negão na cara da loirinha.

– Bom... continuou o tio depois de pigarrear como se o epílogo da história no caminho entre Boa Viagem e Prado fosse não menos interessante e provocativo que a noitada na casa do grego.

– Pois é...

Depois de uma pausa, como quem analisa a situação, ele olhou para se certificar que eu continuava atento, acrescentando que há muito não tivera um tesão como naquela noite. Minha douta irmã diz que pau de velho só fica duro com prótese de silicone, ou rigidez cadavérica. É importante salientar que todas estas histórias se deram antes da invenção da Viagra, Bum, Cialis e tantos outros produtos químicos, capazes de melhorar o coito de todo coitado com pouco tesão, e uns mirréis sobrando na carteira. Mais um exemplo que contradiz o dito popular que "dinheiro não traz felicidade". Eu sempre afirmo que é melhor ser rico e saudável que pobre e doente.

Todos os caminhos no mundo antigo levavam a Roma, e todos os caminho no Recife passam bem em frente do recurso da dona Edineusa. Este foi o caminho tomado pelo ex-sargento da PM mineira, pois a dona do bordel já havia comunicado ao tio por telefone da chegada de umas alagoanas de primeira. Na verdade, "alagoana de primeira" era a metáfora usada pela proxeneta para definir uma principiante a mulher da vida, podendo a mesma vir de Sergipe, Natal ou Cabrobo.

A história, apesar de dramática, parecia correr indelevelmente em direção de um *happy end* incompatível com a cara de decepção que eu havia me defrontado desde que chegara à loja do grego. Como os cervos são atraídos pelas águas do riacho, assim o tio foi atraído pelo instinto masculino, estacionando o carro bem em frente do Afrodite Drink's.

O visual das mulheres iluminadas pelas luzes vermelhas do inferninho era capaz de desencaminhar o mais fiel dos maridos. E o tio, se diga a bem da verdade, não era membro da confraria dos maridos fiéis. Todas as meninas no puteiro estavam elegantemente sentadas à espera dele ou de algum outro qualquer. Gosto de sexo no ar. O tio respirou fundo, cheio de si como se fosse artista de novela da TV Gazeta, ou jogador de futebol do Barueri contratado pra jogar no Manchester United.

A parceira, é claro, seria uma loura natural ou oxigenada, pois sobre os requintes das morenas, o tio não tinha conhecimento, e depois de uma certa idade é impossível se quebrar os costumes de uma vida. Todo o cenário estava pronto para que a cortina do palco se erguesse. O ex-sargento entrando bordel adentro como se estivesse a desfilar pela avenida, com todos os olhares femininos dizendo em silêncio: "leva eu moço".

Não existe nada que provoque mais orgulho na alma masculina que se sentir desejado. Uns são desejados pela capacidade intelectual. Outros pela formosura do corpo, ou pela protuberância no lado externo da perna direita. Somente quando Queiroz, um mulato velho, que servia de vigia dos carros estacionados na rua do recurso, se aproximou, anunciando com voz de responsável:

– O doutor pode deixar o carro comigo, é que veio a grande surpresa.

O tio meteu a mão no bolso pra pegar um Cabral, e se deu conta de que havia saído de casa sem a carteira de motorista, que estava dentro da carteira de identidade, que estava dentro da carteira com o dinheiro, que ficara na mesinha de cabeceira.

Não havia outra opção senão voltar cabisbaixo e derrotado para casa, já que pastel no japonês da esquina e mulher de bordel não abrem linha de crédito pra "seu ninguém". O ex-sargento, cujo avô serviu com honras e méritos no exército imperial austro-húngaro, analisou a situação. Não seria o querido tio que iria levantar as mãos, indo dormir com tesão.

– É isto meu sobrinho... – falou o tio depois de uma longa pausa – no escuro, o que os olhos não veem...

SARA

Não existe nome mais impróprio para uma historinha de sacanagem que Sara, a primeira matriarca do povo hebreu. Poderia usar um pseudônimo como em muitas outras histórias. Porém, trocar Sara por um outro nome qualquer seria como chamar Godiva de Garoto só pelo fato de ambos serem chocolate. Esta troca acarretaria em um prejuízo literário irreparável, pois num conto onde estrela uma mulher chamada Denise ou Joyce já existe uma expectativa de que vai pintar algo de interessante, ao contrário de Sara.

Com este nome bíblico, o máximo da imaginação por mais fértil que seja, nunca irá além de uma história cretina sobre alguma dona de loja no Bom Retiro, ou coadjuvante numa piada antissemita em que Jacó é o protagonista principal. Sara me veio à cabeça, como tantos outros fatos do passado distante, quando o autor destas linhas ainda comia com os dentes da segunda dentição, e a maior protuberância abaixo da cintura não era uma hérnia umbilical.

Quero aproveitar a chance para afirmar, com o máximo de segurança de experiência ganha com os anos, que 52 não é o inverso de 25. E que a ordem dos fatores altera o produto sim.

Tudo o que você sonhava aos 25, você tem aos 52, porém sem ter como concretizar os sonhos. A fartura sempre chega no momento errado. Esta dessincronia é parte do absurdo existencial. Quando o indivíduo pode se dar ao luxo de comer um camarão ao catupiri no Bargaço, o colesterol está lá em cima. Quando no bolso existe bastante grana pra financiar a mais linda garota de programa, o pau está lá embaixo. Enfim, um desajuste entre a capacidade e as possibilidades, ou vice-versa.

SEXO E POLÍTICA

Este episódio curto, porém intenso na minha vida amorosa, tem início numa aldeia pastoral situada no norte de Israel. Apesar das guerras, a região derrama paz. O verde dos bosques na alta Galiléia serve como pano de fundo para os trigais cor de ouro, como nas telas de Van Gogh. As casas dos *kibutzim* e *moshavim* que pontilham a fronteira são padronizadas e desbotadas como todas as casas construídas pelo governo em qualquer lugar do mundo.

Algo que lembra as vilas Cohab no Brasil, ou os prédios populares na Rússia do período estalinista.

Neste fim de mundo, beirando a fronteira com o Líbano, vivem imigrantes da Índia que falam hindu. Comem comida indiana, as mulheres se vestem com sari, e os homens com sharual. Um verdadeiro *chinatown* hindu em Israel.

A razão de minha presença nesta aldeia a quase 200 quilômetros de Jerusalém era o serviço militar anual obrigatório para todos os homens que não molham o calcanhar quando fazem xixi.

A missão: observar e patrulhar a fronteira com o Líbano, que por estes tempos vivia a primeira guerra civil.

Depois de uma noite insone com lua cheia no céu, e meia dúzia de chacais uivantes em torno da minha torre de vigia, recebi permissão de ir pra casa por dois dias. Ou seja, 48 horas. Ou melhor ainda, multiplicá-los por 60 e teremos milhares de minutos. Seja qual for a unidade básica, eu tinha muitíssimas partículas de tempo a serem devidamente degustadas, num subúrbio pobre de Jerusalém chamado Kiriat Yovel.

Estava à minha espera na Cidade Santa a recém-adquirida namorada. Muito alta e magra, com óculos pequenos e o cabelo sempre arrumado num eterno coque que realçava o pescoço comprido e o nariz. Sara estudava filologia semita, ou seja, ela lia e entendia textos em línguas que há muitos e muitos séculos atrás haviam caído em desuso. Como em todo o curso de filologia semita não haviam mais que seis alunos, ela foi eleita por unanimidade para o diretório estudantil. Creio que dos seis alunos a minha amiga foi a única que se deu ao trabalho de concretizar seu direito democrático de eleger e ser eleita. Com apenas um voto, que segundo as más línguas era o dela própria, Sara se tornou membro do colégio eleitoral da Universidade Hebraica de Jerusalém. Como nenhum partido venceu as eleições para o diretório estudantil, havia necessidade de se organizar uma coalizão política.

A esquerda buscou potenciais colaboradores entre os candidatos independentes e Sara era um deles. Em princípio, a minha meta era convencê-la a votar no candidato da esquerda radical para a presidência do diretório estudantil, e nada mais. Porém, os caminhos da revolução não passam por veredas de rosas e sim de pedras e abrolhos. Se para o bem do partido e da nação fosse necessário, estaria disposto a namorar a potencial votante, mesmo que a dita cuja fosse zarolha, capenga e desbundada.

Foi mais fácil convencê-la a ir para a cama, do que votar no candidato da esquerda, pois mulher intelectual se encama com um desconhecido sem fazer perguntas complicadas, ao contrário do voto que exige uma profunda busca, com muitas perguntas e dilemas.

OI CARMELA...

As expectativas e fantasias rodavam na minha cabeça se mesclando com a paisagem árida do vale do Jordão.

Os pensamentos de como seria o encontro com a recém-adquirida namorada galopavam pelo deserto como a besta do apocalipse, ajudando a quebrar a monotonia do caminho entre a Galiléia e Jerusalém. É necessário salientar que na Terra Santa nada é como parece ser. Tudo tem algum significado que vai além da realidade concreta e trivial.

Um espinheiro lembra a coroa de Cristo, e uma ovelha na beira da estrada pode ser vista como cordeiro sacrifical, ou um potencial *shishkabab* no espeto. Desliguei o rádio, pois na FM só pegava música árabe, e me pus a cantarolar baixinho marchas revolucionárias que naqueles tempos eram meu prato predileto.

Sempre me encantaram as canções da guerra civil espanhola. Apesar de os fascistas terem ganho a guerra com os canhões, os republicanos ganharam a posteridade com os violões.

“Viva la quinta brigada... Oi Carmela... Oi Carmela...” Todo este festival de música fugia pela janela aberta do fusquinha, que tinha pneu reserva, porém não tinha ar-condicionado. Obrigatoriamente eu terminava as longas jornadas a caminho de um encontro amoroso cantando "A Internacional", enquanto o vento do deserto lambia-me a face suada, enchendo as narinas de areia e os pulmões de calor. Curti e degustei, no caminho para Jerusalém a imagem de Sara me esperando, sentada a se balançar na minúscula sala de visitas.

A cadeira de balanço junto com uma pequena mesa e duas cadeiras de palhinha ocupavam praticamente todo o espaço do que não era o quarto de dormir na minúscula sala e quarto estudantil.

Na parede, junto à janela desproporcionalmente pequena, estava pendurado um pôster do tipo vendido em loja de museu.

Pôster de um Picasso arrematado no Sotbey's por 40 milhões de dólares, que ela comprou por dez liras israelenses, incluindo a moldura e o prego para pendurar.

Sara me recebeu com um sorriso amplo e convidativo, perguntando se eu queria que ela preparasse algo para comer. Pergunta retórica, pois minha anfitriã nunca acendeu o fogão para cozinhar.

O máximo no setor das artes culinárias se resumia à capacidade inventiva de requentar o café do dia anterior, ou desmumificar a pizza guardada há tempos no congelador.

Longe dela os dotes culinários. Abri a porta da entrada com os pés, pois as mãos estavam ocupadas com a arma e uma mochila cheia de fardas cheirando a óleo e suor que os reservistas trazem pra lavar em casa. Toda mulher gosta de lavar farda. Farda pendurada no varal mata de inveja as vizinhas casadas e mal comidas, deixando as moças solteiras, e casadoiras com as glândulas hormonais a trabalhar horas extras.

– Não estou nem cansado nem faminto. – Respondi, enquanto buscava um canto onde pudesse pôr a arma e a roupa suja. Pelo menos não tão faminto como para comer um sanduíche de mortadela ou optar pela pizza faraônica comprada há três semanas. Abracei-a forte e mordisquei a orelha, tomando todo cuidado pra não engolir um pequeno brinco de brilhantes que ela havia ganho do pai quando completara 12 anos. Com muito jeito consegui chegar ao quarto de dormir sem derrubar nada. Fato digno de menção, pois o arquiteto desta obra-prima da engenharia governamental havia preparado o cubículo para viventes com menos de um metro e cinquenta de altura, e não mais que 40 quilos de peso. A cama previamente arrumada, e muito cheirosa, tinha armação de ferro, o que me deu coragem de cair com todo peso meu e dela, sem o perigo de desabar o lastro. Esta era a primeira vez que eu saía neste "*miluim*".

Quase três semanas comendo carne de lata com milho, sem *"lenagev o humus do Abu Shukri"*, não é fácil não.

Eu estava meio deficitário no balanço amoroso, e ela também.

Seu último namorado fora um inglês estudante de microbiologia.

O rapaz com ares de cientista curtia mais as amebas que as mulheres. Minha última parceira havia sido uma judia polaca que fechava os olhos durante a transa, para não ter que ver alguém tendo prazer. Decidimos depois de um beijo e dois alisados tirar o atraso mútuo. Tudo começou como em tantas outras vezes, sendo a primeira seguida pela segunda. A segunda pela terceira, e só depois da quinta transa resolvemos dar um tempo de recuperação aos corpos cheios de energia e paixão.

Nada melhor, depois de uma fufuricada, que ficar de papo pro ar com um cigarro na mão, olhando o desenho da fumaça se diluir no espaço. Ela me perguntou se havia assistido o filme Império da Paixão. Filme com cenas fortes em que um casal japonês decide morrer fazendo amor. Respondi com um movimento de cabeça que sim. Sara sem dizer uma só palavra, esclareceu-me que nestas paragens iríamos caminhar. Caminhar não, trotar, galopar como só os amantes sabem cavalgar um no outro pelos campos do desejo e da paixão.

No início, a decisão de se morrer fazendo amor me parecia com a decisão de se fazer uma dieta drástica durante a festa de *Pessah.* Você já sabe, no primeiro dia, que vai quebrar a dieta no terceiro. Também imaginei que depois da quinta transa ela iria se forçar a uma ou duas mais pra tirar o atraso, e então cairíamos exaustos nos braços de Morfeu. O sono só iria ser cortado algumas horas mais tarde por uma dorzinha no estômago exigindo alimento. Mesmo que fosse uma pizza requentada, ou uma macarronada pré-cozida numa embalagem de alumínio com gosto de tudo, menos de macarrão. Sara, no entanto, estava decidida a atravessar o Rubicão. Depois de algumas horas de amor prazeroso, começou o sinistro ritual do amor técnico, onde o ato se repete sem necessidade de carinhos e atenções. Sexo todo ele tesão, onde o gozo se mistura à dor como na música de Chico Buarque sobre o retirante esperando o trem, que já vem, que já vem, que já vem... Ritmo de motor contínuo, onde a "vítima" faz sexo até sentir terríveis cãibras nas pernas, e os olhos ficarem embaçados como se houvesse tomado um porre de cachaça com leite condensado.

Há muito tempo, eu havia parado de contar os amores automáticos que se seguiam um atrás do outro como uma locomotiva disparada em direção a uma ponte inacabada. Segundo o testemunho de minha amiga, antes do amanhecer eu perdi os sentidos, acordando no hospital Hadassa sob os cuidados médicos e curiosos da equipe da U.T.I. Depois dos exames de praxe, o diagnóstico deixava-me fora do risco de morte, porém com sérios problemas na temperatura, glicose e pressão arterial. Apesar dos caninhos, que enfeitavam meus orifícios naturais e os buracos feitos pelas agulhas, eu me sentia bem. Para dizer a verdade, eu me sentia muito bem, pois rapidinho me tornei *persona grata* e conhecida no hospital.

Não havia médico ou enfermeira que não soltasse um suspiro invejoso olhando com um rabo de olho o suicida ali deitado. Muitos anos depois reencontrei Sara numa festinha organizada por uma amiga de minha mulher, em Tel-Aviv. Perguntei, com uma ponta de sarcasmo, se ela havia conseguido matar alguém desde então. Sara me olhou com um sorriso de raposa, e respondeu que agora ela matava os homens de raiva ou ciúme, não de fazer amor. Antes de despedir-me contei-lhe que desde então me limitava a dar uma e olhe lá. Afinal de contas, gato escaldado tem medo de água fria. Ela riu e balançou três vezes a palma da mão. Falei em voz alta, meio estupefato e meio orgulhoso:

– Quinze?

– Não amor. – Ela falou baixinho. – Foram dezessete. Sara me beijou ternamente como apiedada da minha condição atual em que nem a primeira está garantida e me desejou *"laila tov"*.

TIO LUÍS

Muito antes de conhecer o tio Luís, irmão caçula da minha avó materna, seu nome já rodava na família como um fantasma em casa mal-assombrada. Poucas vezes ele aparecia, mas sua presença se fazia sentir todo o tempo, através de telegramas abusivos, ou escândalos que, apesar das distâncias, chegavam rapidinho aos ouvidos da família.

Filho de imigrantes pobres, ele foi o primeiro Landen a ganhar título de doutor. Doutor de verdade: com beca, toga e anel no dedo.

É verdade que doutor é um título próprio, porém de certa forma ele se torna propriedade familiar, pois ninguém se chama de doutor Pedro ou doutor Paulo. O título de doutor vem acompanhado do nome e sobrenome, estendendo assim os lauréis adquiridos em noites de insônia pelo particular a todos os outros membros da clã.

Ressalto propositalmente clã e não família, pois

ninguém por mais distante que esteja dentro da estirpe familiar, perde a oportunidade de salientar o parentesco com doutor famoso, ou parente rico.

O tio Luís não era exceção. Muito pelo contrário. Brilhante nos estudos, o querido parente ganhou a vida durante a faculdade dando aulas particulares para os colegas com pouco conhecimento de química molecular, e muitas cédulas de dinheiro no bolso.

Faço questão de frisar que se o tio Luís entra nesta seletiva crônica, não é por proteção, ou pelos conhecimentos acadêmicos merecidamente ganhos em noites de vigília. Ele entra de cabeça erguida nestas histórias pelos laivos de loucura e caráter excêntrico, adiantando em muito o que será o comportamento normativo das futuras gerações. Vez por outra, o tio doutor chegava do Rio para visitar a sua macrobiótica mãe, colocando a família próxima e distante em estado de alerta. O sábio parente não tinha papas na língua. Tio Luís nunca mediu as críticas ou censurou a sua abalizada opinião sobre as irmãs, sobrinhos e respectivos cônjuges, qualificados por ele como uma horda de idiotas, mentecaptos e imbecis.

Além da avassaladora crítica sobre a capacidade intelectual dos parentes, ele duvidava da fidelidade das recatadas mulheres da família, fossem elas sobrinhas, primas ou irmãs. Para ele todas as mulheres da família e adjacências eram eméritas vagabundas, excluindo desta lista somente a sua ditosa progenitora, e olhe lá.

Desde o nosso primeiro encontro, o tio Luís se pôs seriamente preocupado com a influência da família sobre a minha educação formal. Era-lhe difícil entender como um parente com a mesma carga genética que a sua pudesse primar pela mediocridade escolar. A única explicação plausível para tal vexame era a família. Ele tinha que salvar o sobrinho-neto da obscuridade intelectual. Levá-lo para o Rio de Janeiro, afastando o jovem da influência nefasta e deletéria dos pais, tios e avós que, como salientei anteriormente, ele sempre dizia não valerem absolutamente nada. Tio Luís simplesmente abominava a todos os parentes com cara de "cheira-peido", usando anel de grau num dedo e aliança de casamento no outro. Seguramente, eles estavam sufocando o intelecto do sobrinho-neto.

Segundo a sua abalizada opinião, seria necessário um tratamento não convencional para me resgatar da mediocridade escolar. Talvez hipnose? Talvez transfusão sanguínea, ou da medula de algum osso da cabeça.

Nada no tio Luís era convencional. Professor na faculdade de medicina do Rio de Janeiro, ele vivia em casa alugada, gerando filhos em relacionamentos descritos na época como extraconjugais. Se não bastassem estes predicados negativos, o doutor recebia em sua clínica indigentes e defenestrados sem cobrar honorários. Aliás, para o tio Luís, dinheiro sempre existiu e nunca foi problema. Ou muito pelo contrário. Dinheiro nunca existiu e sempre foi problema, ou talvez dinheiro nunca existiu e nunca foi problema. O óbvio de todas estas hipóteses é o fato de o tio Luís nunca ter esquentado dinheiro nos bolsos, sempre confiante na divina providência. Na falta da mesma, existiam os parentes sempre prontos a suprir as necessidades básicas e pequenos luxos do orgulho familiar.

Posso imaginar a expectativa da família semi-analfabeta à espera da festa de formatura no salão nobre de algum clube da cidade. O nome da família Landen sendo devidamente pronunciado no microfone sob os aplausos de todos os presentes. Canudo no sovaco e anel de grau no dedo. Neste tipo de evento nada pode faltar ao protocolo: o pompom na beca do doutorando, o franzido da toga. Alguém pode imaginar a calamidade do anel com a pedra errada?

Depois de tantos anos de estudo é necessário que tudo se cumpra segundo o figurino. Nenhuma falta ou deslize é admissível, pois a família em peso sofreria o vexame dos cochichos e bochichos. É claro que toda história tem duas caras, e como todos os protagonistas destes fatos aqui relatados já passaram para o lado de lá há muito tempo, tenho que me limitar a reconstruir as evidências com a ajuda dos familiares conhecedores do ocorrido, ou seja, pela boca de terceiros. O período que precedia os exames acadêmicos sempre foi de opulência econômica para o brilhante aluno, que como salientei anteriormente, ganhava a vida à custa da obtusidade alheia.

Quanto mais próximos os exames, mais altos os honorários por hora de aula. Apesar da fartura de dinheiro nas mãos do doutorando, a família fazia questão de comprar o anel de formatura. Afinal ele não era o emérito representante dos Landens no pódio acadêmico?

Mesmo antes da festa de colação de grau, os futuros doutores já andavam de anel no dedo pra irem se acostumando ao novo *status*. Se os calouros raspam a cabeça ao entrar na faculdade, os doutorandos enchem a cara de uísque ao terminarem os estudos. Porém, não é o tio Luís que iria dançar segundo a flauta anônima no ritmo dos outros. Ele era decididamente único.

Um dia antes da formatura, quando todos os colegas estavam a ensaiar o nó da gravata frente ao espelho, tio Luís bem acompanhado de dez putas regadas a álcool nacional e estrangeiro aluga um rebocador no porto do Recife. O querido tio-avô sai para comemorar em alto-mar o evento com uma homérica bacanal.

Toda esta farra custou caro. Afora o rebocador e o michê adiantado pras quengas, o tio era mão aberta e se soltou na gorjeta pelos extras do mulherio. O dinheiro das aulas particulares afundou em alto-mar e o anel de formatura ficou pendurado no prego da Caixa Econômica Federal.

O CARNAVAL

Não se pode confiar na providência total. Mesmo os anjos da guarda têm seus momentos de descuido, necessitando o vivente, além da providencial proteção dos anjos, arcanjos e querubins, de uma pitada de sorte temperada com muita coincidência.

Pois é, a vida não é mais que um ajuntamento desordenado dos fragmentos vivenciais concretos, balançando o indivíduo como um trapezista pendurado entre o céu e a terra. Minha inteligente e sinestésica amiga Eubete sempre diz que de certo na vida só a morte, sendo todo o resto um resumo medíocre da luta diária pela sobrevivência.

Tirando um ou outro momento de desespero ou euforia em que o homem se eleva acima do cotidiano de coçar, peidar, ou comer os olhos do peixe achando que é ova de esturjão, nada de especial ou relevante para se contar. Como um parto normal depois de nove meses de gestação, o carnaval passa o processo de incubação por onze curtos meses, com preparativos para o grande dia. A turba com a camisa molhada de suor e a alma encharcada de cachaça sai na rua, sendo o único ponto seco no corpo do povão a secura do tesão. Ao contrário do avestruz, cuja prontidão sexual do macho está claramente definida pela cor arroxeada da cabeça, o macho *brazilianus* na sua própria presença diz tudo sem necessitar mais do que um olhar nos olhos da fêmea, ou um leve balançar de cabeça despindo a mais pudica das mulheres com os olhos.

Bem no meio da rua da Imperatriz, por volta das três da tarde, a estranha procissão carnavalesca sem santa nem andor começa a se mover, segurando forte a latinha de cerveja em vez do rosário.

A turba caminha lentamente como um rio manso gritando em ritmo para os donos das lojas fecharem o estabelecimento comercial, sob pena de verem um ou outro tabuleiro próximos da porta de entrada se desfazendo nas mãos da multidão.

O último mês pré-carnavalesco no Recife se transforma num infindável grito de carnaval. Todos se esquecem das tristezas e mazelas do dia-a-dia. É como se não existissem minissequestros, fome, AIDS, desemprego, ou pior que isto, salário mínimo.

O povo solidário e coeso sem diferenças de classe no esfrega-esfrega geral. Esta é a grande chance de o desembargador deixar a esposa, com cara de quem cheirou e não gostou, na mansão do Paranamirim, e partir direto pra cima de alguma diletante quarenta anos mais jovem que ele. Eu pessoalmente posso testemunhar que sempre fui mais chegado ao período pré-carnavalesco do que ao próprio carnaval. Os três dias de carnaval são o clímax de um mês de preparativos intensos, chegando ao final no quarto dia.

O anticlímax então se apodera de tudo, deixando ao "*populis carnavalescus*" o direito de começar o novo ciclo da vida com os preparativos para o próximo carnaval. O meu amigo Juarez, bom de ritmo e exímio garanhão, define os gritos de carnaval, como sendo o sarro antes da transa. Bulinagem braba, com todos os requintes possíveis e imagináveis. Gozo gostoso, porém sem o curto-circuito. Saindo do dileto amigo, que um dia pintou e bordou, é obvio que o pré é algo mais sofisticado que uma rapidinha no banheiro do metrô, ou uma chupeta dentro do carro blindado.

Nos dias de hoje, já não existe a tranquilidade como nos tempos da minha juventude. Bons tempos que não voltam mais. Naquela época um casal podia bater um sarrinho no banco de trás do automóvel sem ser devidamente assaltado, sequestrado, a namoradinha currada. E quem sabe? Se der má sorte, o dono do carro também.

Posso afirmar com toda segurança que não existe ninguém mais ligado aos ensaios pré-carnavalescos em geral, e no cais de Santa Rita em particular que o redator destas memórias.

Por uns cruzeiros perdidos, os presentes no salão de festas do Batutas de São José podiam se desligar da dura e problemática realidade da vida cotidiana, para sair voando pelas plagas da fantasia. Seja fantasiado de general, rainha, ou mulher.

É isto mesmo que você está ouvindo, ou melhor, lendo.

Mulher pobre com coroa de rainha, boiola com farda de general, e homem com H maiúsculo fantasiado de mulher.

É claro que sempre existem outras opções de o cidadão curtir o carnaval, mas nenhuma se iguala aos clubes populares.

A convite de um ex-colega de turma, do tipo que sempre se deixou levar pela correnteza, terminei umas voltas no corso, bem em frente do clube Internacional. Jeep descapotado cheio de mulher, pois não existe fêmea capaz de resistir ao privilégio de uma voltinha pelo corso num carro sem capota. Até mesmo moça do tipo que "Deus castigou" pode se sentir como vedete de trio elétrico dentro de um carro aberto. Toda mulher adora matar de inveja as outras em carros fechados, ou as que andam a pé. O jipe, é claro, não era de sua propriedade, e nem tampouco de aluguel. Na época de carnaval alugar Jeep descapotado é privilégio de barão.

Uma verdadeira fortuna, e em questão de dinheiro Jerônimo nunca passou do mínimo necessário. Como eu já havia descrito, o meu amigo era do tipo virador. Todos dizíamos, nos tempos de estudante, ter o companheiro de classe nascido com a bunda pra lua. Sorte de fazer inveja. Esta preciosidadc (o jipe) era emprestado.

– Emprestado porra nenhuma. – Retrucava o meu amigo que não gostava de ficar devendo favor a ninguém. Ele estava a cuidar do jipe. O vizinho, membro da igreja Batista do Sétimo Dia, havia buscado refúgio numa pacata granja em Aldeias, durante os três dias em que o Recife se transformava no *shaol* do hemisfério sul. Não sei como, mas Jerônimo, apesar de semianalfabeto, tinha diploma e carteira profissional de jornalista. Como tal, ele era convidado pra toda badalação no grande Recife. Este detalhe é importante para se explicar as entradas ganhas na gratuidade para o grito de carnaval no clube Internacional. Aliás, eu quero tirar o chapéu pra genialidade do meu amigo, capaz de viver uma vida de *bon vivant* sem jamais abrir a carteira. Restaurante de luxo, clubes, festas, jogo de futebol, passagem aérea, tudo o Jerônimo conseguia de oferta. Na verdade, nem tudo. Mulher ele fazia questão de pagar.

Não somente pagar, como pagar à vista. Deixando pendurado no prego a promessa de voltar na semana seguinte.

A razão deste comportamento frente ao mulherio se devia ao trauma de ter permitido a uma das namoradas pagar o primeiro jantar a dois no Rei dos Camarões, lá pelas bandas do Pina.

Fato registrado e catalogado como só as mulheres de boa memória podem vinte anos depois recordar. Não só do cardápio, do preço, e do papo que correu naquela noite. Desde então, a namorada virou esposa legítima. Mulher de gosto requintado, com tara por sapatos caros, esqui alpino,viagens ao estrangeiro, e restaurantes estilo *nouvelle cuisine*, onde você come pouco e paga muito. O Jerônimo diz e repete não existir nada mais custoso que o gratuito. E eu também.

CHEIRO DE LANÇA-PERFUME

O clube Internacional fica situado na zona residencial do Benfica, um pouco antes de se atravessar a ponte do Derbi. De Internacional, o clube não tinha absolutamente nada além do nome. Muito pelo contrário. Clube provincial e até mesmo um pouco brega.

Orquestra grande, tocando o clássico carnavalesco dos anos anteriores. Nas mesas em volta da pista de dança, zelosos pais de família escrutinavam com olhos de lince a filhinha fantasiada de Maria maluca, rodopiando com o namorado, ou brincando de trenzinho no meio do salão.

Mon Dieu.

Que diferença do cais de Santa Rita.

Clube grã-fino, correndo uísque verdadeiro e falsas juras de amor. Desde então as coisas mudaram. Nos clubes grã-finos o uísque passou a ser falsificado e as juras de amor também.

É isso aí! Salão de festa cheio, braços levantados pro ar com cheiro de lança-perfume de primeira, mesclado com fumaça de maconha de terceira.

"'NÓIS' SOFRE, MAS 'NÓIS' GOZA"

O último ponto obrigatoriamente a ser visitado na manhã do primeiro dia de carnaval era a rua Sete de Setembro, situada no centro da cidade. Em frente à livraria "Livro Sete" se reuniam pretensos artistas plásticos, pseudointelectuais, secundaristas com aspirações acadêmicas, poetas com poemas nunca publicados, e comunistas de salão. Além de alguns negros conscientizados, e viados a granel. Toda esta vasta gama de defenestrados demonstrava de forma cabal a todos os moralistas que diziam ser o carnaval algo anticultural a inveracidade desta teoria. Este conglomerado, onde se uniam "pirados e viados", era a fonte vital e perene do clube carnavalesco que saía ao som de uma charanga sem fantasias ou tema. O nome dizia tudo sobre os seus componentes: "'NÓIS' SOFRE, MAS 'NÓIS' GOZA".

A banda composta de músicos amadores se organizava dando aos bumbos o ritmo da marchinha original escrita por um dos beneméritos membros do clube. Para má sorte do etnólogo do futuro, nunca a música foi gravada, ou devidamente catalogada. Restando como vestígio vago, o refrão da marchinha declamado entre uma e outra baforada dos baseados trazidos de Arapiraca, e cuidadosamente enrolados em papel importado da Holanda.

Entre um carnaval e outro, sempre corria a eterna e infindável discussão sobre quem fora o autor da marchinha do ano passado, apesar de a marcha com letra e música já terem há muito entrado no reino da obscuridade, perdidas nos bastidores da história.

Não só a marchinha desaparecia, como também alguns membros do clube. Todos os anos antes de o bloco sair às ruas, se fazia o levantamento dos beneméritos sócios fundadores vitimados por uma cirrose hepática, ou o que nós acreditávamos, na época, ser uma inflamação do fígado que atacava os pederastas e mais tarde os *straight*, até ser universalmente catalogada como AIDS.

ADRIANA

Ao primeiro acorde de um trombone de vara meio desafinado, deparei-me com uma mulher vestida de jardineira segurando uma garrafa de cerveja quase vazia em uma mão e na outra um chocalho. Afora os vapores do álcool, ela parecia ter a cabeça feita por material de boa qualidade recém-importado de Alagoas.

A quenga sem-vergonha abriu as pernas no bom estilo das cholas bolivianas, e sem muita cerimônia começou a mijar no meio da rua. A espontaneidade da mijona só era superada pelo total desinteresse dos foliões diante de tão descarado ato. Seguramente tal cretinice chamaria a atenção em qualquer outra troça ou clube carnavalesco, que não fosse o "'NÓIS' SOFRE, MAS 'NÓIS' GOZA".

Como um dom Quixote montado num cavalo de bumba-meu-boi, consegui puxar para fora do raio de ação da mijona uma linda mulher que pulava descalça, e demasiado próxima do majestoso jato expelido por entre as pernas da maconheira. De um só toque consegui tirar o peixe da lagoa. Não é por acaso, ou pobreza de imaginação que resolvi usar a metáfora do pescador. A mulher salva por mim era o que nós definíamos, na época, como um "peixão". Hoje em dia se costuma chamar uma mulher bonita de "gata". Animal que você não come e mia, ao contrário do peixe que vive em silêncio e é comestível.

Adriana tinha um sorriso largo e gostoso, displicentemente emoldurado pelos cabelos soltos e sedosos que escondiam dois aros ciganos nas orelhas. O cabelo negro escorregava de leve sobre um par de volumosos peitos de respeitosa beleza que balançavam no ritmo de um chocalho improvisado com duas latas de guaraná e um punhado de arroz.

Ela era simplesmente linda, inteligente e extrovertida.

A partir daquele momento, não tinha dúvida de que ela seria a mulher dos meus amores. Se não eterno, posto que já dizia o grande poeta Vinícius de Moraes, o amor é como a chama. Pelo menos estava decidido que fosse infinito durante toda a sua existência, e assim o foi. Apesar de fogosa e impulsiva, com todos os privilégios a que este caráter dá direito, ela me explicou meio sem jeito, como quem pede desculpas, sobre a sua embaraçosa situação virginal. Acrescentando em tom que não deixava dúvidas, ser o culpado exclusivo deste estado de graça, ou melhor, sem graça, um namorado careta do tipo respeitador. Faço questão de repetir, pondo ênfase em cada sílaba: RES-PEI-TA-DOR. Namorado de portão que às dez da noite, depois de trocar uns afagos e afogos com a namorada, tomava o último lotação voltando para junto da mãe viúva. Ou quem sabe se o infeliz não saía voando que nem um desesperado para arriar o óleo no "Quem me Quer".

O noivo deixava a namorada virgem a chupar o dedo polegar com o coração palpitando a todo vapor, imaginando como teria sido bom se ele avançasse o sinal passando um cheque pré-datado, mesmo que fosse sem fundos.

– Ai meu Deus! – Tremia ela em desejos, sonhando de olhos abertos em ser comida de verdade numa cama de motel, ou até mesmo no banco dianteiro de um fusquinha pé-de-boi com uma perna apoiada no espelho retrovisor e a outra saindo pela janela.

Como não existe mal que nunca se acabe, e bem que sempre dure, depois de três dias de folia e malandragem chegou a quarta-feira de cinzas, marcada pela saída do clube do Bacalhau na Vara.

Em frente dos Correios e Telégrafos estavam alguns foliões a defender o último baluarte do carnaval. Os bêbados mais lúcidos do planeta se negavam a parar a bebedeira levantando a bandeira branca da rendição diante das forças da normalidade. Por todos os lados começavam a surgir os loucos, e os lúcidos que haviam buscado refúgio na granja em Aldeias ou Gravatá.

A maioria dos foliões voltava devagarinho ao estado natural de cidadãos cumpridores da ordem e do dever.

Quase todos começavam a se recuperar do homérico porre dos últimos três dias, retornando cabisbaixos para os cinzentos escritórios, prontos a enfrentar a papelada coloridas das notas fiscais, impostos e “papagaios” a serem pagos. Ela pediu uma folga do trabalho e eu também não. Quero com isto dizer que ela folgou do trabalho concreto, e eu do trabalho abstrato, pois até então como se fosse uma mescla de baiano com porto-riquenho, eu nunca tinha tido um só dia de trabalho com horário, salário e patrão. O caminho de ida para Maceió foi mais comprido que fila do INPS, e o fim de semana mais curto que linha de crédito de professor desempregado.

Adriana me olhou fundo nos olhos e perguntou como se dizia, em hebraico, "adeus à minha virgindade". Com carinho escrevi o seu pedido em letras de forma. Cada letra desenhada como a servir de epitáfio a uma lápide mortal, ou convite de família quatrocentona para casamento na igreja da Jaqueira. No dia seguinte, caminhando de mãos dadas à beira-mar, ela fez uma pausa e desenhou na areia da praia com uma impecável caligrafia para quem só no dia anterior se havia familiarizado com as letras hebraicas: *SHALOM LE BETULAI.*

Jerusalém, junho de 2003.

EPÍLOGO

O autor destas memórias familiares é quase bacharel em Direito, Economia, Ciências Políticas, História e Filosofia. Quase treinador de futebol, artista plástico e marido de uma mulher milionária em libras esterlinas.

Por pouco, não foi bem-sucedido nos negócios de uma rifa de fogos de São João, "foca" no Jornal do Comércio de Pernambuco, carreira política e militar. Posso acrescentar à lista de fracassos parciais e falências de um antiquário e uma fundição de ouro e prata. Este livro, escrito um pouco antes de me tornar sexagenário é uma tentativa de transformar, com a sua gentil ajuda, os fracassos e atropelos da vida em *"best-seller"*.

Jerusalém, junho de 2008.

IMPRESSO NA

sumago gráfica editorial ltda
rua itauna, 789 vila maria
02111-031 são paulo sp
telefax 11 **2955 5636**
sumago@terra.com.br